国粹文丛

古 耕／主编

画魂书韵

王祥夫／著

中国言实出版社

图书在版编目（CIP）数据

画魂书韵 / 王祥夫著. -- 北京：中国言实出版社，
2018.12

（国粹文丛 / 古耜主编）

ISBN 978-7-5171-3000-0

Ⅰ.①画… Ⅱ.①王… Ⅲ.①散文集—中国—当代
Ⅳ.①I267

中国版本图书馆 CIP 数据核字（2018）第 288768 号

出 版 人：王昕朋
总 监 制：朱艳华
责任编辑：严　实
文字编辑：赵　歌
责任校对：张　强
出版统筹：冯素丽
责任印制：佟贵兆
封面设计：杰瑞设计

出版发行　中国言实出版社
　　　　　地　址：北京市朝阳区北苑路 180 号加利大厦 5 号楼 105 室
　　　　　邮　编：100101
　　　　　编辑部：北京市海淀区北太平庄路甲 1 号
　　　　　邮　编：100088
　　　　　电　话：64924853（总编室）　64924716（发行部）
　　　　　网　址：www.zgyscbs.cn
　　　　　E-mail：zgyscbs@263.net
经　　销　新华书店
印　　刷　北京温林源印刷有限公司
版　　次　2019 年 7 月第 1 版　　2019 年 7 月第 1 次印刷
规　　格　710 毫米 ×1000 毫米　1/16　13.25 印张
字　　数　176 千字
定　　价　68.00 元　ISBN 978-7-5171-3000-0

活着的传统　身边的国粹

——国粹文丛总序

古　耜

在实现中华崛起、民族复兴的伟大历史进程中，文化自信至关重要。而若要问：文化自信"信"什么，哪里来？这就不能不涉及优秀的中国传统文化——对于国人而言，优秀的传统文化既是孕育文化自信的沃土，又是支撑文化自信的基石。唯其如此，我们说：从中国历史的特定情境出发，坚守中国文化立场，赓续中国文化血脉，弘扬中国文化风范，重建中国文化传统，是历史的嘱托，也是时代的呼唤。

怎样才能把优秀的传统文化发扬光大，使其重新进入国人的精神生活与社会实践？围绕这个大题目，一些专家学者发表了很有建设性的意见。譬如刘梦溪先生在一次演讲中就郑重指出："传统的重建，有三条途径非常重要：一是经典文本的研读；二是文化典范的熏陶；三是文化礼仪的训练。"（《文学报》2010年4月8日）应当承认，刘先生的观点高屋建瓴而又切中肯綮。事实上，近年来中国传统文化在全社会的强势回归与有效传播，也主要是从这三个方面展开的。

在刘先生所指出的三条路径中，所谓"经典文本研读"，自然是指对承载着传统文化基本精神与核心理念的经典著作进行研究和解读。这方面的工作以学术界为主体，着重在"知"的层面展开，其系统梳理和准确诠释固然必不可少，但更重要的恐怕还是立足于时代的高度，扬长避短，推陈出新，最终实现传统文化的创造性转化和创新性发展。而所谓"文化礼仪训练"，则包含对人，尤其是对青年一代进行思想、伦理、道德教育的内容，因而涉及学校、家庭、社会等多个领域，并更多联系着"行"——付诸实践，规范行为的因素。《论语·泰伯》曰："兴于诗，立于礼，成于乐。"意思是说，达"礼"行"礼"是人在社会上安身立命的根本和标志。孔子所言之"礼"与今日所兴之"礼"，固然有着本质不同，但圣人对礼的高度重视和反复强调，却依旧值得我们作"抽象继承"（冯友兰语）。

相对于"经典文本研读"和"文化礼仪训练"，刘先生所强调的"文化典范熏陶"，显然是一项"知"与"行"相结合的大工程。毫无疑问，在通常情况下，"文化典范"自然包括先贤佳制、经典文本，只是在刘先生演讲的特定语境和具体思路中，它应当重点指那些有物体、有形态，可直观、可触摸的优秀文化遗存。如古建筑、古村落、著名的人文胜迹、杰出的历史人物，还有艺术层面的书法、国画、戏剧、民歌、民间工艺，器物层面的"四大发明"，以及青铜、陶瓷、漆器、丝绸、茶叶、中药，等等。如果这样理解并无不妥，那么可以断言，刘先生所说的"文化典范"在许多方面同非物质文化遗产有交集、有重合，就其整体而言，则属于一种依然活着的传统，是日常生活里可遇可见的国粹。显而易见，这类文化遗产因自身的美妙、鲜活、具体和富有质感，而别有一种吸引力、亲和力与感染力。将它们总结盘点，阐扬光大，自然有益于现代人在潜移默化中走近传统文化，加深对它的理解，提高对它的认识，增强对它的感情，进而将其融入生活和生命，化作内在的、自觉的价值遵循。这应当是"典范熏陶"的优势和力量所在。

正是基于以上体认，笔者产生了一种想法：把自己较为熟悉和了解的当下散文创作同文化典范熏陶工作嫁接起来，策划组织一套由优秀作家参与、以艺术和器物层面的"文化典范"为审视和表现对象的原创性散文丛书，以此助力传统文化的重建与发展。这一想法很快得到中国言实出版社社长、实力小说家王昕朋先生的积极认同。在他的鼎力支持和热情推动下，一套视野开阔、取材多样、内容充实的"国粹文丛"，顺利地摆在读者面前。

"国粹文丛"包含十位名家的十部佳作，即：瓜田的《字林拾趣》，初国卿的《瓷寓乡愁》，乔忠延的《戏台春秋》，王祥夫的《画魂书韵》，吴克敬的《触摸青铜》，刘华的《大地脸谱》，刘洁的《戏里乾坤》，马力的《风雅楼庭》，谢宗玉的《草木童心》，张瑞田的《砚边人文》。

以上十位作家尽管有着年龄与代际的差异，但每一位都称得上是笔墨稔熟、著述颇丰的文苑宿将，其中不乏国内重要奖项的获得者。长期以来，他们立足不尽相同的体裁或题材领域，驱动各自不同的文心、才情与风格、手法，大胆探索，孜孜以求，其粲然可观的创作成绩，充分显示出一种植根生活，认知历史，把握现实，并将这一切审美化、艺术化的能力。这无疑为"国粹文丛"提供了作家资质上的保证。

值得特别指出的是，这十位作家不仅是文学创作的行家里手，而且大都有着相当专注的个人雅爱，乃至堪称精深的专业修养和艺术造诣。如王祥夫是享誉艺苑的画家、书法家；张瑞田是广有影响的书法鉴赏家和书法家；吴克敬是登堂入室的书法家，也是有经验的青铜器研究者；初国卿常年致力于文化研究与文物收藏，尤其熟悉陶瓷历史，被誉为国内"浅绛彩瓷收藏与研究的标志性人物"；刘华多年从事民间艺术和民风民俗的田野调查与理论探照，不仅多有材料发现，而且屡有著述积累；马力一生结缘旅游媒体，名楼胜迹的万千气象，既是胸中丘壑，又是笔端风采；乔忠延对历史和文物颇多关注，而在戏剧和戏台方面造诣尤深，曾有为关汉卿作传和遍访晋地古戏台的经历；瓜田作为大刊物的大编辑，一向钟情于汉字研究，咬文嚼字是其兴趣所在，也是志业所求；刘洁喜欢中国戏剧，所以在戏剧剧本里寻幽探胜，流连忘返；谢宗玉热爱家乡，连带着关心家乡的草木花卉，于是发现了遍地中药飘香。显然，正是这些生命偏得或艺术"兼爱"，使得十位作家把自己的主题性、系列性散文写作，从不同的门类出发，最终聚拢到中国传统文化的大向度之下。于是，"国粹文丛"在冥冥之中具备了翩然问世的可能。

"红白莲花共玉瓶，红莲韵绝白莲清。"我想，用宋人杨万里的诗句来形容这套"各还命脉各精神"的"国粹文丛"，大约算不得夸张。愿读者能在生活的余裕和闲暇里，从容步入"国粹文丛"的形象之林和艺术之境，领略其神髓，品味其意蕴！

戊戌秋日于滨城

| 目　　录

白石老人的范儿

那年英国仔来克送我一个玻璃小瓶，瓶里只有一粒颜色灰乎乎的豌豆，我说这是什么？这不是一粒豆子吗？来克对我说，是豆子，但不是一般豆子，这是一颗在国外价格不菲的"图坦卡门豌豆"。我马上就明白了这粒豆子曾经在地下休眠了很长很长的岁月，当时人们把许多粮食放在了图坦卡门的墓穴里，后来图坦卡门的墓门被人们打开，这些豌豆便以一粒一粒的姿态出现在人们的视线里。我把这粒放在玻璃瓶里的豌豆摆在书架上，而后来，忽然找不到它了。据说这粒豌豆，如果把它种在泥土里它还会发芽结果。我在想，如果我再看到那个小玻璃瓶我一定要把那颗豌豆种在我阳台的陶盆里，我要看看图坦卡门的豌豆是什么样子。其心情一如我想起白石老人，当我在那个夏日的下午满头大汗跨进北京那个坐西朝东的小四合院时，心情忽然激动起来，我觉得自己好像从来都没那么激动过。白石老人真像是装在那个小玻璃瓶里的豌豆，那么珍贵，我要把它放在手心里好好看看，让它活起来；看他走动，看他在那里作画，看他洗脸做事。他的一切我都想看看。看他故居，件件东西都像是马上要放出光来。包括他使用过的颜料和笔，大笔小笔和画工虫的"一根毛"，还有印章和镇纸。我太熟悉白石老人的画作，所以，我更想知道的是他这个人，这个漂亮的，纯粹的，手拄长杖，胸前挂着那么一个小葫芦的中国老头。

湖南湘潭在我的心里是一个光彩熠熠的地方，我去那个地方的时候，有人指着前边一片建筑林立的地方对我说，这里当年就是齐白石放牛的地方，我以为是玩笑，但想想时光已经在这里过了有一百多年，没有什么事情是不可能的。齐白石诗里写的景物现在只能存在于人们的想象之中。在中国绘画史上，白石老人既是一个传奇但又不是传奇。我认真看过了作家聂鑫森的那本与齐白石有关的小书，之后，我忽然觉得白石老人与我更加亲切了起来，小说家聂鑫森眼里的齐白石毕竟与美术史专家眼里的齐白石不一样。我明白我喜欢的是生活中的齐白石而不是美术史里的齐白石。首先吸引我的是白石老人画里画外的生活气，我曾经问过自己，白石老人的画里为什么总是有那么足的生活气？为什么是柴米油盐而不是琴棋书画，琴棋书画似乎与齐白石没多大关系，他笔下的得意之作是柴耙子而不是一张放在那里被秋风弹响的古琴，他的朱砂"老少年"和写意蟋蟀是北京胡同里的光风霁月。白石老人画《牧牛图》，一个小孩儿，身上系着一个很大的铃铛，人在前，牛在后，上边题的诗是："祖母闻铃心始欢，也曾总角牧牛还。儿孙照样耕春雨，老对犁锄汗满颜。"民国某某年，齐白石携妻将子漂到北京，在一处寺院里住了一些时候，烦闷之际写了不少诗，这些诗作里真是不乏佳作。白石老人的诗怎么好，二十世纪八十年代"朦胧诗"兴起的时候曾经有人把他的诗作偷来用自己的名字重新发表，一时竟传为佳话，那首诗的最后两句是"何愁忘归路，且有牛蹄迹"。近百年，中国出了多少画家，但气韵纯粹如白石老人者不多。

二十世纪末的一天，我站在湘潭的街头，刚下过一场急雨，到处是水淋淋的，我手里提着朋友给我的湖南腊肉，想打一辆出租车回白石宾馆，身边人来人往，车挤在那里硬是一动不动，不知前方什么地方又堵了车，我站在那里，心里想，如果当年白石老人不出门，一辈子就待在这个湘潭，中国还会不会出现这么一个神一样的人物？我想那肯定不会，当一个人从乡下来到北京，他将有什么样的变化？白石老人的诗文和画在那里，他用过的文房用品还在那里。许多画家因为逝世多年从而变得抽象了起来，而齐白石却总是很鲜活，总像就站在对面，很真切，脸上和手上有老人斑。他用一条灰色的手帕慢慢擦手，因为他刚画完画儿，洗了手，这都是我通过老照片得到的信息，我对这个神一样的老头太感兴趣。白石老人之所以长寿，与他坚持天天作画当然分不开，但更重要的原因恐怕是和他的生活习惯有关，每天一起来，老人总是要吃一碗挂面，挂面里边照例会放一个鸡蛋。老北京话把鸡蛋叫"白果儿"或者是"鸡子儿"，很少叫鸡蛋的。老人吃完早饭便要看订单，荣宝斋的订单，清秘阁的订单。那些订单不外这个要刻章，那个要买画，几尺几尺，什么题材，有否工虫，是什么虫，要几只，都要一一说明，花卉是否要加西洋红也要说明，西洋红在国画颜料里最贵，因为国内不产这种颜料，这种昂贵的颜料出在墨西哥，是一种仙人掌属植物上的虫子的分泌物。白石老人一辈子作了多少画，他自己说不清，一辈子刻了多少印，他自己恐怕也说不清。现在刊行于世的《齐白石全集》实际上永远不会是全集，因为谁也无法把齐白石的书画作品搜罗齐全。话多必乱这句话在这里不妨改一个字，那就是"画多必乱"，白石老人的有些画真是让人不敢说好，比如一幅三尺的纸上既画了蜻蜓又画了螳螂还画了蝴蝶和蚂蚱，这是受买画的人的所嘱，也是买画的人给了钱而他不得不如此为之，所以我每每看到这种画心里总是很不舒服，为了生活，艺术家实际上也没太多的自由。老人到老还接刻印的订单，因为上岁数眼力不济，老人喜欢刻白文而不喜朱文。因为刻印，发生了一件事，某次荣宝斋送来的订单上写明要白石老人的五方印，而五方印里却只有一方白文，另外四方是朱文。老人看了这个订单心里大为不悦，一问是从上海来的订单，便让人打听是什么人下的订单，后来便有了白石老人与上海画家朱某绝交的事件发生。白石老人给朱某的绝交信大意如此：我已年迈，本来就不怎么刻朱文，而你居然五方印有四方就是朱文！这不是有意要我的难堪又是什么？虽然后来时隔数年两个老朋友又重归于好，但当时白石老人真是动了肝火，一气之下提笔写绝交书，只是不知道这封信现在何处，也许在上海朱某的艺术馆——如果上海有这样的一个馆的话。

白石老人之所以长寿，是因为他的生活极其有规律，每天早上吃完他的鸡蛋挂面然后就是开始做活儿，他的活儿就是画画写字刻印。画大尺寸的画时照例要有人给他在一边抻纸，宝珠肯定是白石老人的好帮手，研墨抻纸也要经验与技术，作画的人下笔在纸上拉一条很长的线，一笔下去，抻纸的人便要马上拉动纸，快了不行慢了也不行，这需要默契，才会有一条好线出现在纸上。白石老人的妻妾中，也唯有宝珠能画几笔，且得白石笔意，这在当时是一件被人关注的事，致使后来白石发表声明，写一帖张于室内，大意是凡是我的学生一进门就要找着师母问好者以后就不必来了。每看此帖我都禁不住想笑。看老照片，宝珠的姿色平平，但与白石不同的是竟也穿得时髦衣裳，而白石老人，他从来都没有穿过西服，总是中式的长袍，中式的帽子，中式的鞋子，还有中式的拐杖，很纯粹地立在人们的视野里。在看纪录片的时候，我十分注意老人持笔的手，是粗大的，是做过木匠活的手，这样粗大的手画那些精细入微的工虫，真是让人想象不来。我十分注意老人持笔的方法，笔杆几乎要横过来，他在纸上拉线，运笔很慢，时光便以很慢的音符定在那个画面上。白石老人的画案是一个奇妙的世界，虾在他的画案上一只一只活了起来，小鸡在他的画案上东啄啄西啄啄，荷花也开起来，还有各种的花，我曾想，是不是会有人把白石老人画过的花草统计一下来编一本《白石老人笔下草木志》，编这本书的人一定要去去白石老人的星斗塘，杏子坞，去仔细考察一下那里的植物，那里的许多花草都是老人童年时候就已经熟知的。这里要特别提到的是松树，白石老人笔下的松树特别漂亮，松针拉得特别见功夫。他送他的老乡毛润之的一幅《松鹰图》，是马尾松，每一根松针几乎都有千钧之力。在许多画家那里，技巧是精神的障碍，而在白石老人这里技巧便直接是精神。白石老人是幸运的，他生活在一个真正的笔墨时代，那个时候，人们作文写信用毛笔，人们记账记事用毛笔，文人如此，民间的匠人也必如此，画几条线，勾几个极简单的花纹也必须要用毛笔去做。看白石老人的日记，小字写得是那样随意，却运笔提按均有法度。就书法而言，生活在那个时代的画家别有根芽。有一次我和几个朋友在茶馆里一边喝茶一边谈论这个话题，忽然大家不再讲话，让人难过的是，我们现在是无根无芽，我们从小用的是铅笔钢笔，我们远离了毛笔，远离了那个时代，毛笔已不复与我们相亲。

布衣布袍小帽葫芦的白石老人的范儿是民国的范儿，简单大气而非常有味道，老人的帽子一直是那种中国民间式的"一把抓"筒帽，随便戴戴，煞是好看。张大千虽也是长袍却没白石翁好看，张大千头上虽也是戴着中国式的被叫作东坡帽的那种，而且帽子正前方还有帽正——一块玉，却也远没有白石老人来得好看。白石老人的好看是综合的，从人的行止到他的书画，极其全面，诗书画印无一不出类拔萃，都有传统在里边。所以可以说，白石老人才真正是中国最后一个纯粹的文化人、画家、诗人，这些头衔放在他身上都对。白石老人平生所用斋堂号极多，但又均有出处。白石老人生在湘潭县白石镇星斗塘，后来取名便叫齐白石，堂号曾用星斗塘，也曾用印星塘后人。直到老人后来定居北京，依然初心不改，他自家用的许多闲章和斋堂号，都与故乡牵连。白石老人的北京旧居据说是清代中晚期内务府一总管大臣的宅子，后分割出售。新中国成立后由文化部购买，作为齐白石的住所。这是一座较完整的单体四合院。坐北朝南，大门一间，倒座房两间。院内南、北、东、西各有三间房屋，均为硬山顶合瓦过垄脊屋面，前出廊子。廊步明间有雀替，尽间上有倒挂楣子，下有坐凳栏杆。房子之间由转角廊相连。北房带东西耳房各三间，南房西接顺山倒座房三间。各房墀头处均有精美的砖雕图案，各廊间的走马板处有书法篆刻砖雕，北房明间木隔扇上有木刻楹联。西耳房南侧西墙上装饰一砖刻"紫气东来"四字。后来，我再一次去白石故居，正是冬天，天上有鸽哨朗朗响过，天是亮蓝的天，站在白石老人故居外我忽然想笑，好像看到老爷子正兴冲冲拿着一张刚刚画好的白菜从院里出来，一把牵住门外卖白菜的乡下人要和人家商量，用手里的一纸白菜换人家那一车白菜，卖菜的哪里知道这一纸的价值是多少，很生气地对白石老人说您开什么玩笑，我若不看你这么大岁数就一个窝心脚把你踹到一边去。

白石是个神一样的老人，这样的人，现在再也看不到了，你要是学他那个范儿，果真也长袍布衣起来，人们也许会说你在发疯，这样的人物，必须镶嵌在过去的那个背景里，你也只能远远地回头张望，这才是山河浩荡银汉迢迢，倒想要时光退回去让自己生在那个年月。

读读张大千

阅人阅世如读书，有的书是诗集，有的书是散文集，有的书是小说，而有的书是杂集，里边什么都有，张大千便是杂集，不说他的书画，只说其人，便传奇纷纷光怪陆离。他和齐白石老人一样，终身着装不离长袍短褂，布衣也穿得，闪闪烁烁的团花缎子也穿得。但说到穿衣，张大千终不如齐白石来得好看。白石老人，脸上几片老人斑，手上再加那么几片，只让人感觉那是岁月包浆，好看到十分；老人长衫一穿，长杖一拄，定在铁栅书屋前，便是神仙一样的范儿。而张大千的照片，你若细看再细看，便只觉他道士也不是道士和尚也不是和尚，而且，当下也不是，唐宋也不是，明清更不是，有那么一点点不伦不类，这却恰好，再加上那顶帽子，还有帽子前面的那块玉质帽正，一切都是古人的，却偏偏又不像古人，是今人他亦是不像，古人他亦不是，这便是张大千。

张大千的风神爽然也只是在国外，在国内名声的风生水起也是到了国外突变为大西洋般的波澜壮阔。他是外国人眼里的神仙人物，或他真穿了西装打了领结，真还不好再留那胡子，没有胡子还会是张大千吗？比如周作人先生忽然不是光头而留了大分头到处去走跳，那能是周作人吗？张大千的风度气象，真是难与白石翁相比，若与白石翁比，登时见高下。但二位老人，怎么说呢，却都是圆圆的巨大句号，端端写在民国的末一章，端端写在中国文人画最重要的末尾那一章，替中国书画史做了一个结束。新中国成立后，画坛一时百花齐放万紫千红，但却再无这样的人物出现，也注定不会出现。二位老人，诗书画印，焕然焕然地好。这二位神仙般的男神，这二位爷，一个是四川袍哥，一个是湖南老帅，从他们的画到他们的字再到他们的诗文，是丰饶博荡，是时时涌动着的，而不是平平浅浅的那种宁静开阔，都撩人撩人的。若读懂了这二位，便也是读懂了中国书画史的最后一章。读他们二位，分明又不是在读史，他们不是黑白文字，却是那个时代的彩色拷贝，再过几百年相信也会不掉色。衣衫杖履，坐卧松梅，均是鲜活的行止笑骂。虽然已是过往烟云，却依然是鲜活十分。白石老人中年之后漂到北京，且把根扎下来，苦住京华看花看草，是胡同古寺栖一老，是白眼也看过嘲讽也过过耳，老人一时生气也画一幅出来，一个老者安坐在那里怒目斜视，一只胳膊平举起来二指直指画外，上边题道："别人骂我，我亦骂人。"这样的画道出了白石老人当年的多少愤懑。而张大千却没有过这样的画，张大千的世界里好像永远是风花雪月中一群人拥着他向前，而且有狗儿猫儿相随，猿儿也在他肩上小背头蹲峙，且分黑猿白猿。张大千无论到哪里，总是一大群人的事，是浩浩荡荡的气势，虽不用击鼓鸣金，却没有没动静的时候。而白石老人毕生行事却是"持念如旗，一人独往"。一个人在那里挣钱养活家小，且是又能生子生女又能娶了又娶，生命力极是顽强，或有不平事，便贴门帖贴告示把自己的态度申诉与人，湖南人的风骨，向来是硬气得很。早起起来，一年三百六十五天据说天天就是一碗挂面里边再卧一颗鸡子儿，老北京人不把鸡蛋叫鸡蛋，是只叫"鸡子儿"，或叫"白果儿"。在吃上比，白石老人远不如张大千，张大千堪称旷世吃货，且喜欢自己挽袖下厨，肉也烹得鱼也烹得，花样百出且时时出新，而且每每自己写菜单，那菜单，便是上上尺牍，若现在上拍，其所得拍款恐怕可以连吃几年鱼翅大席。张大千一生好像是没吃过什么苦，除了土匪把他拉到山上让他当了几天师爷，据说亦不苦，日日亦有酒肉，是座上宾。说到衣食住行，张大千是哪里好住就住哪里，网师园也住得，颐和园也住得，青城山也住得，只说此三处，他便是地上神仙让人艳羡。这三处现在都是年收入惊人的旅游胜地。这个福，怕是一般人根本享受不到，所以，便演为传奇。再比如，别人养猫，他却养一只虎，他和他养的那只虎拍那张照片的时候还是少年。张大千是中国画界的传奇人物，再没有人能比他更传奇。同时几个老婆，是一同地风来雨去，一同地立赏梅而坐观荷，被他调教得个个都相敬如宾。曾看李沧东的电影《绿洲》，惊叹于李沧东调教美女演员的手段，忽然就想到了张大千，茶水笑喷一地。张大千为人豪爽得紧，一般画家是作画的时候要没人打扰才好，而张大千却是越有人越来神，一边说一边画，周遭围一大堆人，而那些人却都是小枝碎叶只衬托他这一朵旷世奇葩，人再多，他照样边说边画，随性点染，是挥笔立就，且是见者有份，一人一张，顶真是当众开金库发放官银钞票。

张大千的性格之可爱就可爱在他的人来疯。台静农回忆他作画，就说过他是越有人看越画得精彩，而且有人拿画给他看，或是找他鉴定，或是拿给他显摆，他稍一吟哦，便一首诗已经题到画上。张大千是"热闹种子"，是仙树仙枝几千年才结那么一颗的人物。他去看戏，是一带一路地去。他回忆梅老板和程老板，他说梅老板真是大方，一给戏票就是一整排，张大千还对梅老板说我用不了这么多票，少给几张也可以，梅老板莞尔一笑，说一排的票都给你，去的人少你坐着不是更加宽绰舒服吗。而张大千说程老板便不是这样行事，每给戏票都要问一问要来几个人，来几个人就给几张票。张大千不是"望城独饮"的那种性格，他去看戏，想必亦是一群人的浩浩荡荡，一如他去敦煌，一如他去巴西，一如他回台北，从不会独身前往。张大千是有文武场侍候的人物，行止均有丝竹金鼓，气派超人，这恰与白石翁形成对比。白石翁是有植物气息的那么一个老精怪，虫子啊，花木啊，果子啊，细节画得丝丝密密一如老蚕做茧，而白石老人作山水却用减法，比八大山人还减，减之又减，像是不耐烦，虽然笔减，张挂起来却夺人耳目，这也真是怪事。张大千很少作工笔，但笔下花鸟也自是娟秀。张大千是跑过西洋的人，且与毕加索见了一见，有人说是毕加索急着要见他，而有人却说毕加索本不想见，张大千是在那里久等久候，但他们毕竟是见了那么一见，而且还拍了照片。张大千长髯飘飘一时只是像了毕加索的爷。两人之间，一个纸片人坐在那里吹喇叭，煞是好看。写到此处，真是有错，当时应该是三个人，还有张大千的夫人徐雯波。

　　民国年间坊间有"南张北溥"之说。我却只把张大千与白石老人比。此二老都是民国画坛全面手，山水来得，人物来得，花鸟亦来得，书法下笔亦是风雨满堂；但若细论，张大千的书法不及白石翁，工虫不必相比，因为张大千绝少作工虫，山水虽各有千秋，张大千的山水若与白石翁的山水一起张挂壁间分明是白石翁更霸气夺目。二老都画人物，却亦是不太好比。白石翁作人物每每下笔重拙，是简而重拙，给人的印象特别深，张大千笔下的人物画到最后也没脱出敦煌壁画风范。再论及诗文，二老都是题画诗多一些，却有共同点，便是气息清真。如张大千的《荷塘》："船入荷花去，船冲荷叶开。先生归去后，谁坐此船来。"再如《溪山钓艇》："钓亦未必得，得亦未必卖。向晚故人居，数尾置门外。"均是三伏天下太阳雨，豁朗朗起一声雷却没有一点点闷滞。

　　张大千与白石翁不同的地方是他除了作画还买卖古人字画，凭着眼力挣爽快钱。他在台北、香港、东京都有书画线人，一发现古人字画，只需电报打来，张大千便会马上飞过去，精力实在是超人。张大千一生奔走，忽左忽右，人们都说张大千前世是猿。一九七〇年，张大千自定润格，言语间颇见性情，且自题缘起："投荒居夷，忽焉七十有二，筋力日衰，目翳日甚，老去丹青，渐渐拂拭，索者坌积，酬应维艰，不有定值，宁无菀枯……润金先惠，约期取件，至速在六个月后。"这张润格一出来，一时间订画者纷至沓来。

白石老人到老都一如童孩，是闾里间的故事，而张大千的精彩在于他一辈子都精力过人，是电视剧般一集接一集都有惊人处。而说到绘画，张大千的拿手好戏惊世之作乃是他的泼彩泼墨，如他的巨幅之作《长江万里图》《青城山通屏》，再如他的巨幅《连屏金碧荷花》与《墨荷》真是前无古人，其气势一如山岳横飞。说到张大千的巨幅泼墨泼彩，当代画家无人可比，古代画家亦无人可比。如无巨幅泼墨泼彩，张大千也只不过是元宵夜寻常灯彩，美则美矣也止于美矣，而他的巨幅山水墨荷一出世，却将他变作星斗，定定地镶嵌在中国绘画史上。远看近看，光色静定斑斓。作于 1968 年的泼墨泼彩《长江万里图》画高 53.3 厘米，长 1996 厘米。这也唯有张大千先生敢为之，这也便是张大千先生。

有人陪张大千先生入浴，此人于水汽蒸腾间猛然睁眼看到一只猿，正坐在池子的对面。张大千生前多画猿，均是白脸儿黑猿吊在古树老藤间。在中国画坛上，张大千先生便是一只猿，轻轻一荡到了印度，再轻轻一荡到了南美，再轻轻一荡又不知去了哪里……

西湖边上有栖霞

就我所知，在中国起码有两个栖霞，一个在山东，出产好苹果，年年那里的苹果树上都会结满了有我的许多朋友名字的苹果等着我们去采摘；另一个栖霞在杭州西湖边上，叫栖霞岭，若想去那里走走，就像进山一样，其实就是进山，向北行，是左高而右低，左边是山右边是谷，是山亦不高，谷亦不深，时时听得到布谷在叫，虽然时间早已过了布谷时间，想这鸟也许是昏了头，只在那里叫个不休。栖霞岭的山不高，但山不高也是山，一路平仄平仄地走进去，那山才慢慢高了起来，房舍也渐少，果然是山的模样了。但这栖霞岭的山再高也高不过一个老头子的名气，这老头子就是黄宾虹老先生。

予生也晚，不得亲见此老，但在西湖边走来走去，看过了苏小小那在亭子里的有机玻璃罩子墓便什么都不再想看，心里想，蠢也不必蠢到如此，怎么会用黄色有机玻璃给苏小小做个墓！好像吃了坏东西一时没了胃口。同去的朋友买了一袋橘子，遂一边剥橘子吃一边往西边走，便看到了一个精铜做的老头儿站在那里写生，通身是古铜色，唯有手被游人们摸来摸去十分黄亮，这便是黄先生了。不少人过去和黄先生勾肩搭背拍照，美女妹妹帅哥弟弟，个个都搂定了黄宾虹老先生的铜像在那里发嗲。我在心里敬他，便伺机老老实实站过去，只当旁边就是有血有肉有温度的黄先生，想必这铜像是老先生的等身像，比我还低一些，像是没有老照片上的老先生那么高，曾见过黄先生许多和别人拍的老照片，他站在其中总像是要比别人高出半头，由此足可见民国年间的那些人物的个子都不怎么高。在上海博物馆曾看到一件鲁迅先生的长衫，也真是可怜，虽说是长衫，但比现在大高个儿的人穿的上衣长不了多少，鲁迅先生的个子也是低的。而且那个时代的人还多偏瘦，偶有胖子，祖着腹站在那里一如吴昌硕的人并不多，陈巨来更瘦，瘦到两肩高耸一如烟鬼。只说黄老先生，他这一辈子似乎就没有胖过，是一瘦到底，就像他的一辈子从没靠他的画大富大贵过一样。到了上海之后，黄先生日夕只与笔墨相亲。黄先生作山水离不开宿墨，宿墨那个臭可真是臭，比我十七八岁时穿球鞋的脚还要臭。而宿墨就是非臭不可，一旦不再臭，那宿墨也就不能再用，清澈了，不臭了，也不能再用了。想必黄先生是给臭出来的，他在上海的故居，不知道现在还在不在？想必当年一进门便一股子臭味会扑鼻而来，那年我去栖霞岭他的故居，就想闻一闻这宿墨的臭，却早已消散殆尽。黄先生当年的画作，在当时人们的眼里几乎就是废纸，黑乎乎的都不好用来擦屁股，这是谁说的话，一时竟让人想不起来。民国年间的画坛也清明不了多少，画家们习惯互骂，所以才惹得白石老人用三尺纸画一老人坐在那里气呼呼抬起一条胳膊直指画外人，且题曰："人骂我，我亦骂人！"湖南人胸中自有三尺铁，受不得别人白眼。白石老人从湖南直进京华，日子并不好过。黄宾虹老先生直闯上海，其日子也不怎么好过。虽上海滩有知音把黄先生奉若星斗，但黄先生生前并不靠卖画糊口，以黄先生的学识开古董店收入想必也不会少，一边开古董店一边在家里作画，这日子其实就是小神仙。黄先生的好，就好在我不管你喜欢不喜欢，首先是我自己喜欢画什么就画什么，从这一点来讲黄先生真是为艺纯粹。如果把黄宾虹老先生和齐白石老人比一比，白石老人在这一点上要输于黄先生，有人出大把银子，要白石先生在一纸之上又是蜻蜓又是蚂蚱又是螳螂又是蜜蜂又是蝴蝶又是蝼蛄，几乎是样样草虫都要来它那么一只，白石老人也照画，只要给银子就行，养家糊口没银子万万不可以，白石老人家人口甚多，天天要吃饭，他虽不欢迎这么做但也愿意这么做，而且，也许还希望这么做。而黄先生便没有这一苦，据说黄先生当年的古董店开得甚是风调雨顺，文人雅客时时登门，谈古喝茶共赏珍品，一时比沙龙都热闹。直到后来被盗，黄先生收来自己要时不时拿出来珍爱珍爱的古印章全部被盗走，黄先生一气之下才把古董店关张停业。与白石老先生相比，黄先生好像没那么讲究，首先是穿衣，黄先生穿衣随便也并不见什么风采，黑布长袍，黑布圆口鞋子，有时候夏天会穿那种很家常的白布衫，且短，白布衫上是那种黑色的化学扣子，黑扁四眼的那种。不知是时代风尚使然还是家里人给黄先生做衣服太随便，看几张老照片，黄先生的上衣明显是太短，他就那么穿着太短的白布汗衫站在民国众名流间拍照。而且背抄着手，是别一种风神爽然，是别一种如入无人之境。我没事喜欢翻看民国年间文化人的老照片，讲究衣着者真还不少：胡适先生的西服，周二先生的长袍，周老大的短发一字浓胡子，林语堂的面目姣好如好女子，朱自清的野鹤受惊气，都是好看得了不得，而唯黄先生最随便，随便亦是一种大气。他在北京某王府的海棠花下和当时的大名流一起赏花饮酒拍的那张照，照片上个个都是当时大名流，个个都是"花团锦簇"，而唯黄先生随便，背抄着手站在那里，可真是泰然泰然的好看。而黄宾虹老先生最好的一张相片却更让我吃一惊，竟然是有几分像是马蒂斯的，或者可以说马蒂斯像他。就是那张他晚年在室外写生的照片，那天想必很冷，老先生身边寥寥落落几个人，想必是学生，照片上的黄先生头上的小帽与手中的那个小本子，一点都不乔装做致，怎么看，都觉得这张照片可真是好，也唯有这一张。还有一张老照片，也是黄先生的最后一张照片，是有人前去栖霞采访他，记者蹲着，他蔼然地侧身面对记者，人已经干枯到没一点点汤水。我们这里有句话是形容一个人瘦到不能再瘦，衰老得不能再衰老，这句话便是"没一点点汤汤水水"。是说一个人被生活榨干了，没一点点生机了。但黄宾虹活着与不活着好像已经与地寿天年无关，他的画一如星辰在夜空中布列闪烁，想要看清，人人恨不得有最好的天文望远镜。怀着这样的心，我到了杭州便直奔栖霞岭。也并不须问人，平平仄仄地走进山去，一堵墙，上面写着很大的字"黄宾虹故居"，再走一段路，又一堵墙，上边又是很大的字"黄宾虹故居"。我心里想，这字应该再大些，我还在心里想，这才是黄先生，没一头混到杭州市里去灯红酒绿，却偏要安住山林。一边走一边看看两边的山势，只觉每个小山头都入画，再看看两旁的高树，又在心里想，这些树都曾入黄先生的眼，再看看溪水，"活活活活，活活活活"，心里便又想，这可是黄先生眼里的溪水，每一段都贵比赤金白银。流水可比赤金白银吗？我偏要比它一比，因为这是在栖霞岭，黄先生呼吸散步采花折枝的地方。

黄先生的山水没得说，但他活着的时候没几个知音，好东西原是要人不懂或不知道，要是知道的人多了或喜欢的人多了倒不是好东西了。说到黄先生的知音，翻译家傅雷算是一个，但当时大多数的人不肯买他的账。有句话是"好画不入时人眼，入时人眼者必无好画"。这句话真好像是专门为黄宾虹先生准备的。老先生的字亦好，大字爱作古篆，是枯瘦传神，气象极是沉静如太古。小字虽小却开张得起，放大后细审个个都是头角峥嵘。黄先生的题画小字，每一笔都经得起细看，提笔按笔一呼一吸没有含糊处。我偏爱看他题在画上的那些文字，一会朝这边行下，一会朝那边提起，随行随止精怪活泼。看惯了他的字再看鲁迅先生的字，鲁迅的字也只能算是小学生。老先生的花鸟是诗歌，全是自己的一片天真爱欲，而笔墨线条和颜色又都讲究得紧，老先生用色特别讲究，虽然看上去像是不那么讲究，但细审是讲究至极，给一点颜色，或加重一下，都得好处，老先生画山水，颜色总是与墨色纠缠在一起而又互不相碍，给颜色也总是那么一点，或再来一点，从不多给。老先生活着的时候，买他画的人并不多，嫌他黑，整张纸满是黑气，俗眼怎么会看到他那黑之中的华滋通透。黄先生的画好，好在一辈子没有被金钱左右，我既不靠卖画为生，我就不在乎你说好说坏，我喜欢怎么样就怎么样。自古高士的品格都是这样给高起来的。老先生不像白石老人那样还要揣摩买家的喜好，白石老头儿是画给别人，黄宾虹先生是画给自己，黄先生所以到了后来索性更墨。黄老先生精通墨法，因为他知道墨，据说他闭着眼用手摸摸墨锭便会知道是什么墨，这也就奇了，是第六感，一个人对墨有第六感，难怪他的墨法与众不同，当今，试问有几个画家能知道墨？又有几个画家做过墨？时下还有哪些画家在研墨，一瓶"一得阁"什么都有了。画一张画要用到两三种墨是讲究，是古人的讲究，这讲究起码在民国年间还有人在讲究着，相信现在有这份儿讲究的人是越来越少。墨与墨有什么不同？漆烟和松烟就大有不同，你用漆烟点人物的眸子就是跟用松烟不一样。一幅山水画完的时候用浓浓的油烟焦墨醒一下就是效果不同。我们现在的许多书画家们虽然天天都在那里用墨，但肯坐下来研墨的想来没几个。黄宾虹先生深知墨性是因为他和他的父亲开过做墨的作坊，当然是家庭作坊，相信油烟松烟漆烟老先生都会知道它们的各自好处。作画和写毛笔字，不知墨法水法很难达到理想境界。黄宾虹老先生写字，特别好在停顿，哪里该行笔，哪里该停顿一下，哪怕是山水上寥寥数字，放大看，可真是好，墨在他笔下是活的，虽时隔近百年，老先生画上的水墨像是才落笔下去，华滋得很，润得很，好像从来就没有干过。我常问自己，一般人能与黄宾虹先生相比吗？看着书架上那六大本黄先生的文集，你只会觉得当下的画家真是没有气力。在黄先生那里，他首先是个学者而不是画家，作画起码在某段时间里对黄先生而言只是第二职业，如果职业这两个字可用的话。

黄先生，我来了。

在走近栖霞岭黄家门口的时候我在心里只轻轻一呼，相信他听得到。

黄先生是笔法墨法水法一切法的集大成者，人们都这么说，而我却想说黄宾虹先生是中国的印象派，他的笔墨熟到无阻无碍只跟着他的感觉走。离近了看黄先生的画，点啊，线啊，又是点啊线啊，什么也不是，只有离远了，好家伙，山水在前，云霞在前，流水在前，古木在前。黄先生的画和齐先生的画相比，一个是有情感在画里，这是齐白石，一个是几乎没什么情感，只有冷冷静静地下笔落墨，这就是黄宾虹先生。但黄宾虹老先生的经历远远丰富于齐白石老人，黄宾虹先生首先是学者，是曾经的革命者，是墨坊小工，是古董店老板，黄宾虹老先生的身份很复杂，所以也很丰富，到了后来，他移居上海，他把自己的情感压在心里，但黄先生是有家国之思的人。黄先生画过一棵老玉米透露出一些情感消息，那株老玉米可画得真好，上边题曰："太虚蠓蠛几经过，瞥眼桑田海又波。玉黍离离旧宫阙，不堪斜照伴铜驼。"亦算是古腔古调的现实主义愁闷。面对黄先生的画，人能静下来，还可以让自己的神思走进去，笔墨给人的快感都在这里。时时让人惊叹也都在这里。是，黄先生冷静，而我们却怎么也冷静不下来，大师便是如此。每看他的原作，每一幅都让人寸步难挪，学许多东西在心里。

栖霞岭，只这三个字便像是有仙气。

黄先生的故居，只那么一个小小的院落，一进院是个小屋，再进去左手是个二层小楼，先生的画室在楼下，画案不大，画四尺以上的画就有点捉襟见肘，桌上直到现在还放着老先生生前作画的毛笔啊砚啊各种文房啊，身后的桌上放着几件小古董，是小小的俑人，还有小小的山子。我既进去，便要细细看一下那个带盖子的墨缸，上边尚有墨迹，这真是珍贵，没有被人擦去，保持了原样，好像老先生是刚刚画完去还要回来的样子。这个带盖子的墨缸不大，大小一如我们平时喝水用的杯子，据说里边便是老先生生前经常要用到的宿墨。老先生的画室放在现在绝对太小，而他在这里画的山水花卉却惊动了世界。我们现在有许多的画家有大得惊人的画室和画案，却常常画出些徒增人笑料的纸片。黄先生栖霞岭的故居最好看的地方是院子尽头石壁之下的那个小小清潭，我宁可叫它是潭，潭边长着两株很高很高的芭蕉，记忆中像是芭蕉。我也宁肯相信它们是黄先生亲手种下的，在下雨的日子里，雨点洒落在芭蕉叶上想必便是黄先生的音乐。那次去栖霞访黄先生的故居，曾在一张小纸片上记下了这样几句话：

起码在清代和民国，文人以会写几笔甲骨文和金文为时髦，黄先生写得古奥。

黄先生的画作里貌似是没什么情感的，这与齐白石不一样。

黄先生的修养与感觉支持着他的一笔一画，黄先生是中国的"印象派"。

黄先生的画室和那株芭蕉很配，下雨吧。

黄先生的小字，放大皆好看，有些人不行。

黄先生的花鸟和草虫均不是画给别人看的，虽然你喜欢，他也是画给他自己。

黄先生那张戴有小帽的老照片极有风度，让我想到马蒂斯。

黄先生生前并不惊天动地，是平平静静，没有粉丝。

黄先生的民间传闻等于零，没人去注意他。

黄先生的惊天动地是他死后。

向黄先生致敬。

没骨荷花吴湖帆

把全世界的画家都算在内，画过《原子弹发射图》的画家想必不会有几个，也许只有一位，那就是我喜爱的画家吴湖帆先生。吴湖帆先生不但画原子弹发射，还画过一幅《又红又专图》，画面着实太简单，一枝弯弯的墨竹，上边压了一块儿猛看上去像是一本书的红砖头，现在看，有些幽默在里边，我想当年吴先生是认真的，绝不敢幽默，那是个不容许随便幽默的时代，那是个艺术家和作家动辄"噤若寒蝉"的时代。但我永远不会因为这两幅画而不再喜欢吴湖帆先生，我觉得他可爱，从某种角度讲，他的艺术胆略已经远远超越了达利先生。毕加索挺幽默，但他再幽默也没有画过原子弹爆炸，达利的目标是天堂，他一次次通过画笔让他的夫人飞起来，飞向主长期居住的地方，我们在达利画过的著名教堂里，仰起头来只能看到他夫人那两只已经飞离陆地的大脚，即使这样，达利也没有画过原子弹。

历史捉弄人如此，当年的正经事，现在重新讲起便是笑话，不讲也罢。

还是讲荷花，近百年来，以熟纸画荷花，最好的应该就是吴先生。我以为他的荷花要压倒其他画荷花的画家。白石老人除了工虫，一般不以熟纸作画，我看过白石老人许多幅熟纸的扇面，笔墨在，气韵却大减，意思好，却不怎么耐细看。而白石老人画在生纸上的大幅荷花却线条错落气象万千，平铺在桌上让你一时看不懂，像是乱，挂起来再看，却是乱得好，是乱中取胜——好得要吓你一跳，仿都仿不来。

吴湖帆先生的荷花和白石先生不是一个路数，不靠线，靠烘托和点染，只使一点点胭脂，笔下的荷花便风神特别卓卓可观，他笔下的荷花每一朵都几乎像是要发出光来，又，怎么说，总是让我一次次想到唐代的美人，是得丰肥之美。丰肥能美吗？那你就看看吴先生的荷花。吴湖帆先生的荷花是丰肥之美而兼得雍容之态，如果这样说还不够，那么再加上"富丽"二字也不为过。张大千也画荷花，但要是把他的荷花和吴先生的放在一起，好有一比，一个是在那里素面清唱，一个是粉墨登场，毕竟后者更声色毕足。

吴湖帆走的是一条容易滑向俗艳的路子，但吴先生把握得特别好，时至今日世人论画很怕说"好看"和"雅"这两个字，而吴先生的荷花便一是好看，二就是雅。我常把吴先生的荷花和当代其他大家的花卉对看，吴先生是宋人的风神。

画过原子弹的画家毕竟不同于一般画家。

这句调侃的话我想如吴先生还活着，听了，是会一笑的，那个时代，你又有什么办法？在那个时代，毕竟还有吴先生这样的荷花可以养眼。如果吴湖帆先生活着，我倒更想私下问一句，吴先生压在竹子上的那块儿红砖到底是什么意思？也许，是不是，对那个时代用笔墨做的一次大调侃？

酒仙傅抱石

　　傅抱石先生据说很能喝酒，酒量也好。我见过他几幅画，上边落款即为"酒后作"，或"喝了半斤后画此幅"云云。我总喜欢拿傅先生和徐悲鸿先生相比，因为他们两个人的经历差不多，都出国学画，虽方向有别一东一西，但我个人还是喜欢傅先生，徐悲鸿的画我不太喜欢，我以为中国画就不可以与西画嫁接，苹果和梨嫁接在一处叫苹果梨，我最不爱吃这种怪东西，我个人的态度是：要吃梨就吃梨，要吃苹果就吃苹果，味道要纯粹一些。

　　傅先生的名气之大，可能与当年他和关山月合作那幅人民大会堂里的《江山如此多娇》分不开，那幅画可真是大，据说光花青就用了几十斛！但那幅画也是"只可远观而不可近看也"，本来中国画就有中国画自身的尺幅要求，画那么大幅的画是时代要求使然，而不是国画自身的要求。那年我去人民大会堂，说什么都要离近了看看原作，朋友带我看了一下李苦禅的大幅，离远了看好，离近了看可真不好，我这么说也许也不对，那样的大画本来就不是让你离近了看的东西，又离近了看傅先生和关先生的《江山如此多娇》，怎么说，也觉得不好，感觉是颜色都浮在上边。还有一次，在中国美术馆看刘海粟的《荷花》，可真令人失望！而那次同时看钱松岩的《红岩》，却真好，令人感动。有些画是印刷出来像回事，看原作太差，有些画是印出来好，看原作更好！钱松岩先生就这样，钱松岩只一幅《红岩》便压倒众家，抽去它的政治因素，还是好。不管别人怎么说，我喜欢钱松岩先生。

　　傅抱石先生的山水在技法上有独创，是感觉特别好，是中国人的感觉，换句话，是中国画的感觉，他笔下的芭蕉、松树、竹子，他笔下的烟岗雾气，都是从中国画深处吹来的习习清风。说到用笔，傅先生真是写意高手，意到即止，大气磅礴，而且愈是小品愈显大气，这不是一般人所能做到的。傅先生于一九四八年画的《赤壁舟游》真是简得不能再简，一叶小舟，三个人物，远处几笔山石把画的上部几乎全部占去，再加上几个大浓墨点。苏东坡游赤壁这个题材真不知道有多少人画过，画面多是远山近山再加上那一个圈儿——月亮。而傅先生这幅东坡游赤壁图几乎把可以减去的都减了，但是真好！东坡游赤壁傅先生画过不止一次，但要数这一幅最好。傅先生的好，更好在人物。傅先生的《虎溪三笑》，站在中间的道士陆修静，你看看他那张嘴，一个淡黑点，只那么一点，换个人就是画不来，虎溪三笑傅抱石先生生前画过不止一次两次，我以为数一九四四年这一幅最精彩！画古典人物，或古典人物作画，我最喜欢两个人，一是陈老莲，另一位就是傅抱石先生。这二位相隔三百多年的大画家的人物都画得令人叹绝。傅先生的人物每个都很古，是古人的脸，古人的神情，谁见过古人的神情？谁也没见过，但你觉得古人的神情就应该是傅先生笔下的人物那样！说到人物画，能把人物画古了太不容易，傅抱石先生的《九歌》《屈子》《司马迁》《陶渊明》还有《竹林七贤》，那一张张脸！都憔悴惆怅！让你觉得他们的心绪或许都有那么点不佳，他们的身体都有那么点营养不良。画于一九四五年的《蕉阴煮茶图》——我们知道一个人有闲心闲情才会坐在那里煮茶品茗，但画中的人物神情依然是惆怅憔悴。我常想，傅先生笔下的人物也许是傅抱石情绪的真实写照。也许是那个时代人们的心绪写照。论到傅抱石先生人物之"古"，好像同代的画家无出其右者。

相对傅抱石先生的山水，我更喜欢他的人物。

昨夜和朋友喝酒，回来看傅先生的人物，忽然想，傅先生要是活着，我要敬他酒。

说到人物画，前不久用八十六元买了一本黄永玉的《大画水浒》，回来打开一看，几乎把眼睛坏掉，我这样说话也许黄先生会生气，但大人大量，想必黄先生也许并不会生气。看完黄先生的《大画水浒》，赶忙再找出傅先生的人物洗眼洗脑，好不容易才把感觉找回来。

红彤彤的钱松岩

世人对钱松岩先生是否是大家多有非议，而我却十分喜欢钱松岩先生。钱先生的用笔有"枯藤倒挂巨石坠地"的意味，笔下的线条都很苍劲，而且特别留得住笔。小时候我特别爱临钱先生的画，好像这对我以后执笔涂抹有很大好处，落笔起码不会坠入细线飘滑的恶道，钱先生的女儿钱紫筠曾在我们那地方的报社工作过，当时在报社工作的还有老舍先生的侄子，脸上有几颗碎麻子，为人十分和气，报社的人想让他向老舍先生求字，他写信回去，字马上就寄了来。钱先生的女儿也是学画的，好像是，报社要搞什么活动，请她写信向钱先生要一幅画，据说钱先生也很快把画画好寄来。那个时代人与人之间的关系单纯而美好！我见到钱先生的原作还是老早以前，那张画贴在报社墙上，谁也不把它当回事，不是山水，好像是一幅花鸟，上边画着瓜，印象是藤老瓜大，下笔着色均十分老辣，点了不少墨点在上边，但上边更多的是苍蝇屎。

钱先生的那幅著名的代表作《红岩》，着色真是大胆，敢以大红画满幅石壁，是前无古人，后无来者。红色石壁加上白芭蕉，还有那株大树，印象像刀子一样刻在了中国美术史的深处。及至那年中国美术馆搞馆藏展，我在这幅画的下边站了很久，一幅画在那一瞬间已经变作了一部书，翻来覆去地读，总是读不厌。我注意到许多的人都像我一样，对这幅画像是着了迷，看了又看，走开去，过一会儿再走回来。无论时下怎么说，我总以为这幅画是划时代的，且不管它是政治第一还是艺术第一，对这幅画，我个人总评一字——好！若再加一个字——真好！

画家怀一曾拍过一幅钱先生的小幅山水，看原作和看印刷品毕竟不一样，怀一收藏钱先生的那幅画的左下角的那块石头给我印象特别深，落笔很重，浓墨交加，十分醒目。钱先生画水，赭石屡以淡墨，反面敷粉，效果与众家不同。金先生曾著一书，薄薄的一本，书名是《砚边点滴》，我十二岁上得到一本，看过多次，后来搬家，忽然找不到，现在有新出版的，封面和以前的不一样，装帧也好像不如以前。这本书里边都是经验之谈，行文朴素大方，不故作高深。

钱先生的山水画中有细节，画房屋，屋里总有人，乃至窗台上还会有花盆，画稻田，稻田里也总会有人，在锄地，在劳作，或者是收了工正往回走，钱先生的画面里有时还会出现红旗，这在以前是没有的事，别的画家也很少画红旗。钱先生的山水画生活气息特别浓，是有生活的画，而且，画里表现的是我们的生活，而不是古人的生活，就反映当代生活这一点，钱先生大有贡献。钱松岩先生从书法到绘画应以两个字评之：雄强。当代画家用笔就"雄强"二字能超过钱松岩先生者，少见！

画扇小记

晚上喝茶，一边读冯梦龙的《挂枝儿》，及至读到这首，忽然想笑："壁虎得病墙头上坐，叫一声蜘蛛我的哥，这几日并不见个苍蝇过，蜻蜓身又大，胡蜂刺又多，寻一个蚊子也，搭救搭救我。"真是幽默。遂想起那一年在北京老舍茶馆听京韵大鼓，台上演员居然也唱这一首，只加一两个字却更妙。是这样："壁虎儿得病墙头上坐，叫一声蜘蛛我的哥哥，这几日啊不见个苍蝇过，蜻蜓个头那么个大啊，胡蜂它刺又多，精精致致寻一个小蚊子儿，哥哥你搭救搭救我。"读冯梦龙这首《挂枝儿》，每每就想到壁虎，民间说壁虎本是蛇的舅舅，所以民间又把壁虎叫作四脚蛇，虽叫四脚蛇，但壁虎还是要比蛇可爱得多，尤其是那种碧绿的小壁虎，几乎都可以说是好看。壁虎的好还在于它吃蚊子，家里要是有一两只壁虎，到了夏天几乎都不用点蚊香。但壁虎这厮会坐吗？而且还是坐在墙头上，跷着它的二郎腿，这简直是想一想就让人想笑。昨晚喝着茶，不知怎么就又想到桂林了，那次在阳朔的街上，十月里的天气，不知道怎么会那么热，便拉了黄土路和刘敏还有光盘邓焕去买文化衫，每人买一件，即刻在街头赤膊穿起，然后又到处找扇子，街边店里居然有，而且还有白扇，不知谁说白的扇子不好看，便不免要画一回，店里居然笔墨颜色俱全，虽笔砚粗疏，但可以画，因为是成扇，须要用手拉拉平，便左边一人，是土路，右边一人，是光盘，两人把扇子拉平了，就那样连画了几把，虽不成个样子，亦算是个纪念，其中最妙的一把现在不知是在谁那里，扇子的一面便是画了一只坐在墙头上的碧绿小壁虎，跷着个二郎腿，扇的另一面写了冯梦龙的这首"壁虎得病墙头上坐"。一时大家看了都拊掌大笑。晚上吃酒的时候大家还都把这山歌轮着念了一遍，谁念错了就罚酒。时光真是匆匆如梭，历历在目的事想不到俱已是往事旧尘。及至后来，回去想再画一下跷着二郎腿坐在墙头上的壁虎，却没兴趣。

晚上喝茶，看看书架下朋友拿来求画的扇子，已经好长时间了，都塞在那里，但兴致却没有。这便让人觉得兴致这东西才真正是好东西，如再坐桂林街头，满头满身都是汗，或许又会即刻画起来，但不知土路诸友现在都在做些什么。

是为记。

指墨

　　家中旧物，向来不知爱惜，及至想起，却只剩下一只青花瓷钵，钵底画两个小人在那里抬腿扭腰踢球，古代只叫它"蹴鞠戏"，百工百匠之中，我只喜陶工，一直想在我北边露台安放一个电炉，一次烧四五个杯子或别的什么，一边做一边可以望望这小城西边的远山，山上照例东一片绿西一片紫，有云飘过时，山色会斑驳一下。因我住在最顶层，我在上边做什么也不会有人看到，泥巴的好，在于它可以百变千变，比如捏个裸体男女，比如做个不规则的盘子和笨拙的碗，这便全在我。一时想到竹林七贤的嵇康，竟然会去打铁，砰砰啪啪，火星不免四溅，又没个墨镜给他戴。再一个怪胎就是明朝的那个皇帝，在宫里整日臭汗淋漓做木匠活计，"嘶啦啦，嘶啦啦"地拉大锯也不厌其烦，也不知是什么人会愿意给他搭一下手，但他毕竟影响了整个天下，至今所见明式家具线条都好到减一分则瘦增一分则肥，但那趣味原不是给民间百姓的，民间的趣味只在结实，一张大床可以尽着人折腾才是，而正经明式家具却要人先知道什么是小心和规矩，要人坐有坐相靠有靠相。而我，打铁也不能，做木匠活也不够，多少年来却只想做陶工，去与泥巴厮混，这想法心心念念至今还没有打消，闲时还总是在打听陶炉和陶土的消息，电脑里存许多制陶资料，日本陶艺家的纪录片我几乎全部囤存，我喜欢那种质朴的手捏陶，前不久买到一只说圆不圆的"九土"手捏黑陶盘，心里说不上有多么喜欢，两个巴掌大小却要六十多元，也只能放两个娇小的佛手，美感却无法言说，也不知是什么手捏就，竟让人喜欢。人类的手真是无所不能好到无法说，却又往往被我们自己忽视，很少有人会没事把自己的手左看右看，除非手出了毛病，人类的贱，只贱在几乎是什么东西不出毛病都不知去惜爱。但手实在是奇妙，再美的东西也像是离不开手，当然人身上还有更奇妙的东西，只是在此不便言说，人活着，其实是活手。

前不久，看一本《古今指画集》，便忽然想起用手指试它一试，且给毛笔放几天小假。小时候师傅经常画指画，画之前，必先换黑衣黑裤，这便是讲究，然后才慢慢画起，或是用小指指甲轻轻着一点墨在纸上一点一点轻轻拉，或是用食指和中指并在一起在纸上用力搓擦，或是单用中指蘸一点墨在纸上轻轻点，食指的指甲最长，着纸有力，像是公孙大娘剑器行，在纸上一劈一劈。若四指并拢了一齐上阵，大块的石头便在纸上即刻峥嵘起来。想想师傅当年画指画那双手，真是黑煞难看，指甲缝几天都洗不干净，都不忍心看他伸手取馒头。再看看画册中潘大师指画的松石，看看历代画家指画的凌厉用笔，便忍不住想画，研了墨，手巾水盆都准备好，老婆厨房用的围裙此刻忽然升级，居然直接与文化接轨。铺好纸，是从右手先黑起，继之左手，为了画这指画还特意留了指甲，但也不是专门为了画这几张破宣纸，平时没事抚弄古琴，右手指甲自然在，再留则是小指，小指指甲画虫须，真是要紧得很，其他指甲还很难派用场，而小指指甲留短了还不行，此指便一如笔中的"衣纹""勾线"。而大拇指却是中号狼毫。画指画，特有一法是以线缠指，粗线细线各有讲究，缠一指缠两指须事先想好，把手指直勒出一道一道棱，还要学会用手抓墨，水盂里一下，砚池里一下，要快而利落，用手指一抓一抓，即刻洒落纸上，是，淡墨一下浓墨一下，纸上便淋漓起来。潘大师最喜画指画，想必其指甲亦是特别的长，看他指画之松针，厉厉一如刀剑，那年六月荷花开，专门跑去杭州看了一回荷，心里便想着潘大师的指墨荷花。潘大师的指墨好，好在尺幅大而画面净爽，没一滴墨迹洒落，无论山石兰草松针鹭鸟，线条遒劲利落得让人想不到，想必潘大师是一边画一边用什么兜着那只手，怎么四尺整张的大画会那么干净？画指墨真是很难做到这一点。所以其《淡彩指墨画鹭图》令人心服。再看南宋梁楷，总觉他的画儿也一律都是手活儿，有指墨的味道。用手指在纸上作画当然是叫作"指画"。指画始自唐代张璪，想必此人的手指整日也都是墨迹淋漓，指甲缝里更不必说，且穿不得素衣白袍。画指画，虽指缝墨迹一连几天都洗不干净，但我还是喜欢那种感觉——就像是身上忽然长出十支笔，居然是软中硬都有，且分大中小号。以指代笔，有特殊美感，但画指画，一张画实实在在很难只靠手指来完成，即使如潘大师，也不免要靠毛笔来收拾一下，或是以线缠指增强其表现力。画指画其实味在趣味，不在尺幅大小，最上乘的指画当纯以手指在纸上来去。而以指濡墨，表现力毕竟不如毛笔。时下无论几流画家作画都喜欢画大画，动则八尺或丈八，且以能入时人眼为最高目的。有一句话是："好书画不入时人眼，入时人眼必无好书画。"指画一如唐诗之外的词，古人把词叫作"诗之余"，诗言志而词言情，而指画可以说是"画之余"，重在一个"趣"字。趣乃国画之真魄所在，不如此不可观。

　　写文章都要有个结尾，忽然又想起家里的那个青花钵，忽一日有朋友来把钵底翻过来看，连声怪叫起来，说这"云石友"原是明代某某的号，这青花钵竟是明代物件，我对他说，明代物件也只是物件，在我，再珍贵的东西也要让它回到日用上才安逸，我便用这青花钵种水仙，比之当年家里阿姨用它种蒜苗也算是雅了那么几分。

台静农先生

和鲁迅有过交往而后来客死台湾的作家不止一位，台静农就是其中的一位。

台静农的散（杂）文没有一点点废话和骄矜，且以写小说的方法描物状人，所以十分生动，台静农毕生只出版过薄薄一小本随笔集《龙坡杂文》，其中所收文章凡四十四篇，篇篇鲜活好看，写张大千的那篇题名为《伤逝》的文字可以说在众多关于张大千的文字里最好，写张大千在那里作画，许多人围着看，张大千照画不误，边画边和客人做笑谈，丝毫不影响行笔着色，而且越画兴致越高。而且，在场的人往往每人可得一幅。每当过生日，台静农照例都要为张大千画一幅梅花以祝寿，张大千对台静农说"你的梅花好啊"！及至后来我看画册，台静农的梅花果然不错，有骨格和风致在里边，圈圈点点无俗尘气。台静农不单梅花好，字也写得好，他写字，好像是来者不拒，谁要就给谁写，直到后来他也烦了，为此还专门写过一篇文字，里边有句话是"我他妈是越写越烦"！到这地步，可见登门求字者有多少。现代文学时期的作家说到书法几乎是个个都好，周氏兄弟两个，郁达夫和茅盾，再如冰心，字都好，郭沫若的字我个人不喜欢，但也好。我读鲁迅日记，最喜欢他的手稿本，小字笔画省略而又能让人字字都认识，这实属不易。台静农的书法风范是不疾不徐，行书居多，至今我还没有见过他的草书。台静农先生的杂文中，让我最感动的是《辽东行》和《记银论一书》。《辽东行》从一块造像碑的发愿文说起，这铺造像主像已失，只存残座，座上存三十多字的发愿文，我在我的散文集《杂七杂八》里已经提到过这个发愿文，发愿文很简单，只三十多字："咸亨元年四月八日，弟子刘玄樊，为夫征辽，愿一切行人平安，早得归还，敬造弥陀像二铺。"《辽东行》这篇文章很短，内容却特别地丰富，从有唐一代的征辽，到写到民间的"百姓困穷，财力俱竭"的种种苦难，再到民间的反战情绪——《无向辽东浪死歌》，特别感人的是文章从碑座发愿文说起，十分情深地"愿一切行人平安，早得归还"，而真实的情况是许多人已浪死辽东白骨露于野。我读这篇文章中所录的"发愿文"，一次次领悟到什么是哀婉动人，这边在祝愿远行的人回来，而那边的征辽战士却早已是一堆枯骨。古诗的"可怜无定河边骨，犹是春闺梦里人"的"无定河"在这里也许改作"辽河"恰好。台静农不愧是文章老手，文章的好处都不在文面上。而另一篇《论〈银论〉一书》却完全可以说是一篇读起来让人兴趣盎然的学术文章。"银论"一书用现在的话说也可以是"钱币论"，是讲清代钱币的，是书把清代银币作伪的几种常见的，而我们现在不可能知道的种种方法讲得十分清楚，如"坐铅"即币的中间一部分为铅，还有所谓"订心"者，即在币之中心订入三角形或方或圆的铜，又有所谓"白心"者，即中心为银，周围则非铅即铜，又详细讲述作伪方法，即当时作伪精妙者以苏州工匠为最。读台静农的这篇文章，让人想象其学人的治学风范！读过这篇《论〈银论〉一书》，好像是，倒不必再读那本银论，对于一般读者，确实如此。《龙坡杂文》一书所收录文字，多与从大陆去台湾的知识分子有关，行文之字里行间弥漫着一种怀念故园的淡淡的伤感，是挥之不去的一种情绪。《记张雪老》《粹然儒者》突出一个酒字，文人之与酒，似乎是互相亲切，但台静农怀人的篇什里所表达的却是一种借酒浇愁！愁既不可浇，倒让人更加伤感。他在《记张雪老》这篇文章中说是介绍张雪老的诗，不如说是在表达自己的胸中惆怅，这首《书闷》："极目云天天自垂，无边风雨自丝丝，人前饮酒歌当哭。未尽胸中一片痴！"

台静农是早期乡土文学的代表作家，关于他的小说不是三言两语可概括得了的。我个人，对他的小说仅仅是看一下，我看小说是要看出小说的好处来，也就是，读的时候能让我学到些什么？能让我学到些什么就是它的好处。台先生是写小说的，而我却在他的杂文和所画梅花学到一二好处。台静农先生本人，怎么说呢，好有一比，简直就是现代文学时期移到台湾的一树"文学老梅"，著花虽已不多，但其珍贵处，正如周瘦鹃曾经养过的一盆宋梅，花开时节只给人看其一朵两朵，再不肯多开，人们珍重它的意思原也不要它开出几万朵的梅花！

存在着便是宝贵，更何况台先生梅花画得那样好，文章写得那样好。

墨香如仪

　　鄙人喜欢老器物上的墨迹，而家中老器物却实在是没有多少，有墨迹的就更少，有墨迹的最大之器便是北魏时期的一个石棺，也只如一个大石匣子，盝形的盖子，当年是用来盛放骨殖的。棺盖里边写有墨字五十八个，墨迹之新一如刚刚写上去的，里边提到了《木兰辞》里讲到的明堂，"归来见天子，天子坐明堂"，这个明堂在鄙人所居住的小城的南边，原来的一所大学的西侧。现在遗址上又重新修了一个据说和当年一模一样的明堂，但让人看了总觉不像。说到墨迹，古人的墨迹能让人看到的其实并不多。所以除了写在纸上的，那些不是写在纸上的墨迹也显得弥足珍贵。鄙人有一阵子就热衷于收藏这些东西，比如那些青花瓷的碎瓷片，上边几乎什么图案都有，而最让人喜欢的还是莲花和西番莲，还有婴戏图中的婴孩，这样的一小片青花瓷碎片，用银子细细镶了边，若和藏青的粗布衣服搭配了煞是好看。而我主要是喜欢那些有字的碗底，民间工匠们的字，因为书写极度熟练而且天天要大量地书写而产生一种极其流丽的美，一笔下去，决不犹豫，当代的大书家也未必来得了。辽代的鸡腿瓶上边的字也好看，但多是工匠的姓名。古时的女人们一且生起孩子来，总是"雨后春笋"般一个接一个，杨家将故事里的七郎八虎便是一个例子，七郎，八郎或十几郎，现在听起来也不难听，但在古时却绝非什么好事，试想一对夫妇，生十七八个孩子，而且个个都活蹦乱跳，吃饭便是个大问题，更不用说做母亲的要日日不停地绩线纺织缝补浆洗再加上洗菜淘米。辽代的鸡腿瓶上便常常有几郎几郎造的字样。古时的户籍登记是怎么回事现在已经让人无法明了，但孩子多起名字却是个麻烦事，所以几郎几郎一路叫下来也是方便。古代工匠做活计想必也是计件，做多少件，得多少工钱，比如北魏时期出土的筒瓦，上边也往往刻有人名，大致应该是谁做的就会把自己的名字随手刻上去，到最后加出个总数，得到应得的工钱。而这上边的刻字，用学者的叫法是"瓦刻文"，这些瓦刻文也都因为刻得多而极度熟练而精彩。这样的字，慢慢看过来，有些字你想不到会那样写，更多的还有些异体字，连《康熙字典》都不曾收入，也格外好看。还有就是老瓷器上的墨迹，往往写在碗底，有时候拿一个这样的碗在手里，想不通的是天天吃饭洗碗，上边的墨迹怎么会硬是洗不掉？碗底写字用民间的话是"做记号"，一种情况是买来碗在碗底写上自己的名字，别人想拿也拿不去，另一种情况是大家庭分家，各房分一大堆瓷碗瓷盘兴冲冲地抱回去，为了好区别，便一一写明哪些是属于自己这一房的。也有在罐和瓶或其他用具上边写上格言之类的话，如"无耳不烦"，这四个墨字就写在一个灰色的汉陶罐上，这陶罐果然是无耳，古人的幽默也于此可见。

文房四宝的墨是什么人发明？这是无史料可查的一件事，不像蔡伦的造纸，所以直到现在，谁都不知道全世界是哪个国家最先发明的墨，而那黑黑的墨迹又无处不在，即使在埃及或古老的印第安。再说到古董，只要是上边有墨迹，我便会先凑过去看一下。那次去陕西省的博物馆，一个专门用来放炼丹材料的银药盒盖上便写有墨字，凑过去看，让人都似乎能够闻到墨香。若无那几个字，那也就是个银盒子而已。"文字的最大功能是能够开启人的想象"，这句话不知是谁说的。古器物上的文字非但能引起人的想象，而且仿佛还有墨香的存在。说到这一点，古人写诗也有照顾不到的地方，古人说"草木发幽香"，这又岂止是草木的事。再有一件事，就是当年母亲大人腌鸡蛋，是自己家养的鸡下的蛋，那时候吃什么都要靠供应，所以只要有可能家家户户都会养几只鸡，无论是城里或乡间，自己家里养鸡，自然是慢慢地下慢慢地积攒然后再分批地腌，所以母亲大人总是在鸡蛋上用毛笔写上"×月×日"的字样，吃的时候好把早些时候腌的找出来。鸡蛋上这样的墨迹说来也怪，放在盐水里很长时间居然也不会掉。墨真是很奇怪的东西。现在收藏老墨的人很多，但研究墨在全世界分布或使用情况的专著却没见有过出版，也许有人在研究，但无法得知。若有人在写这样的书，希望里边有在腌鸡蛋上写墨字这一条，把盐水与墨的关系也一并说清。

说到用墨，还是以研墨为好，而把古墨说得神乎其神却是一件十分好笑的事，墨一过五六百年，若再用有诸多不便，蘸在笔上一如以笔濡沙，但新出的墨胶往往又太重，而如果把它放上二三十年，却是最好用的时候。

记朱砂

　　鄙人挚友诗人某，鸡蛋糕蒸得实在是好，某日询之，曰受其家大人真传，五颗鸡蛋加四鸡蛋壳儿的水，用筷子朝一个方向整整打九十九下，一下不得多，一下亦不得少。家大人的口传当然是重要，有没有道理却是另一说。而我亦有家传，就是每到六月六必把各种东西拿出来晒上一晒，其中就包括那很大一盒的朱砂印泥，青花的缠枝莲四方瓷盒，一边晒它一边还要用小小的骨铲翻它，一边翻它一边在心里直觉奇怪，怎么一盒这样的印泥就总是用不完？怎么就总是不褪色？这盒印泥我现在还用着。各种的印泥里边，颜色最正的我以为就是朱砂印泥。记不清是什么戏了，好像与明代那个大太监刘瑾有关。里边的人物，一个丑角扮的糟老头子，在被审问的时候说他把一颗人头"叽里咕噜，咕噜叽里，咕噜叽里，叽里咕噜"，就那么一扔给扔到朱砂井里去了。当时还想，一口井就怎么叫了"朱砂井"？试想想，平地一口红彤彤的井，什么光景？是井里出朱砂还是怎么回事？知道朱砂这味药是很早以前的事情，也知道若以朱砂入药，不能和其他的草药一起煎煮，只能等到药全部煎好再把朱砂濡湿一并服下。民间的相传，鬼魅原是看不清任何东西的，它只能看清颜色，而红色便是它们的最怕，所以老道写符一定是要动用朱砂，一张黄纸，天书般一串串的字，让鬼们看得胆战心惊。那年去琉璃厂，在清秘阁买了一本启功先生早年的书画册，里边有几幅朱竹，竖的竹竿儿，左右纷披的竹叶，满纸都是笔势纷纷的朱砂，想必挂在墙上鬼们看了就要逃跑。国画中用到朱砂的时候比较多，比如白石老先生的"福到眼前"的蝙蝠就用朱砂。画那种可以腌制"臭叽咕"的"老少年"——也就是苋菜，也一定用朱砂，朱砂之好，不浮不躁。当年买到过一块儿古玉，玉上就有朱砂沁，是洗不掉的，除非你用什么利器去除，但没那么傻的人。我直到现在都不明白古代的墓里为什么会大量地用到朱砂，几乎是整车的拉来，几乎是覆遍整个的墓穴。朱砂又叫辰砂，各地并不少见，但要以湖南沅陵所出的为最好，沅陵古称辰州，辰砂之名由此而来。这在沈从文先生的《湘西散记》里曾被写到。鄙人无事逛潘家园或十里河的花鸟市场，经常看到有卖朱砂的，大块大块地摆在那里，天然大块的朱砂能做案头清供的山子，但难得一见可以入眼做山子的那种，朱砂的硬度不高，很容易就可以被捣碎，以之做颜料的方法一如炮制赭石，捣碎、杵细、过水，再用磁铁吸去里边的铁屑。

鄙人诗友蒸鸡蛋糕受其家大人的真传，是一口气不停不歇地打九十九下方会正好，想想让人发笑，我家大人授我晒印泥的家传亦是想来让人发笑，是要把印泥用小骨铲不停不歇地左翻一百下，右翻一百下，虽然有些可笑，而我现在晒印泥宁愿还是这样，这样一百下，那样一百下。我父亲去世的时候还很年轻，他人长得真是英俊高大，有时我还会梦到他，多少年过去，我亲爱的父亲大人在我的梦里还是那么年轻。一如那盒朱砂印泥的毫不褪色。

以酒下字

我与启功先生不太熟，见过几次面，都是在会上，说过几句话，也都是在会上。我常用的一支笔，是莱州羊毫，很好使，上边刻着"启老教正"，因为好使，我就一直用一直用，到快用败的时候才忽然觉得宝贵，便不再用。这笔是启老送冯其庸先生的，冯先生再转送我。此笔想必是笔庄给启先生定做的，也许是几十支，或几百支，但上千支就不大可能。

那次开会，不少人都来了，忽然有人告诉我那个小个儿老太太是王海蓉，我看了一眼，又看一眼，再看，怎么看也觉得和当年纪录片里经常出现在毛泽东先生身边的那个王海蓉对不上。也就是这个时候启功老先生进来了，走得很慢，有拐杖，却不拄，在胳膊上挂着，启先生那天是西服加领带，他一出现，怎么说呢，感觉周围忽然一亮。

启先生的长相是女相，像老太太，下嘴唇朝前兜着那么一点，用我母亲的话是"兜齿儿"。那天的会是说《红楼梦》的事。《红楼梦》其实已经给说滥了，但再滥也不妨再说。启先生就坐在我对面，他在场，是一定要说话的，启先生是谦虚，一再说是捧场，捧冯先生的场，他谦虚地说自己不懂《红楼梦》，又说自己其实也没好好儿读过几回。这就是自谦。不说学术上的事，说到当下的红学研究虽有所指涉，但亦是和和气气。轮到别人发言，启先生是认真听，虽认真却无奈耳朵有些背，所以时时会把一只手放在耳朵边使劲儿听，而更多的时候是抬起两只手来，时时准备着对方发言完毕而鼓掌，有几次，发言者，记不起是谁了，发言一稍作停顿，启先生便鼓起掌来，鼓两下，发现不对，便马上停下，周围已是一片的笑声。发言的也莞尔一笑，当然是再继续说他的，又，停顿了一下，启先生就又鼓起掌来，人们就又笑，因为人家还没说完。这真是个可爱的老头儿。别人笑，他也跟上笑，看看左边，再看看右边，笑，下嘴唇朝前兜一下，对旁边的人说："耳朵，不行了。"说完又笑。这一次，发言的那位总算是结束了，启先生便又鼓起掌来，笑，下嘴唇朝前兜着那么一点。

我个人，是不大喜欢启先生的字，在北师大学生食堂吃饭，却就是为了看启先生的字。那时候我经常住"兰蕙公寓"，而吃饭却非要步行去"实验食堂"，酒是北京二锅头，那种绿瓶子高度的有烈性，早买好的，提着。进了食堂就专门找可以看到启先生字的座儿，找好座，坐下，点一个"烧二冬"，再点一个"苦瓜酿肉"，再来一碗米饭，如有朋友就再加一个"火爆腰花"或"熘肝尖儿"，一边吃一边看墙上启先生的字，是以启先生的字下酒。当时的"实验食堂"里挂着好几幅启先生的字，都是竖条六尺对开，都装在框子里，框子上加了锁，死死锁定在墙上。我对朋友开玩笑说："你就不会去配把钥匙？"朋友说："好家伙，启老的字一幅还不换辆小汽车！"但后来再去，启先生的字不见了，再往后，我也不再去吃"烧二冬"和"苦瓜酿肉"了，我又热衷于打车去华威北路吃陕西的浆水面，那边离潘家园近，一碗浆水面加一个肉夹馍。如碰上堵车，打出租的钱是饭钱的十倍还多。

启先生说话慢，是一板一眼，到老，更慢。

菖蒲帖

　　知堂老人很少写新体诗，但风气所致，他早年竟也写过，并且有些句子与众大异，比如《饮酒》这首，不妨略引："你有酒么？你有松香一般的粘酒，有橄榄油似的软酒么？我渴的几乎恶心，渴的将要瞌睡了，我总是口渴，喝的只是那无味的凉水，你有酒么？"独看这首诗，周二先生像是十分地喜欢酒，而且他的文章《谈酒》也告诉读者他平时是喝酒的，一如他的兄长大先生，量不大却喜欢喝，而且温良的绍兴酒和刀子般的二锅头都来得了。周二先生的《饮酒》这首诗说不上好，但"松香般的粘酒"却出乎一般人的想象。

　　说来好笑，当年我在一个杀猪的屠户那里，便很想看他怎样给那颗猪头燎毛，于是便看到了那一整锅熔化了的松香，端然坐在大铁炉子上，那黏稠的松香在锅里做黏稠的缓动，或"噗"的一声，或再"噗"的一声不停冒泡，把一颗完整的猪头慢慢放进去再捞上来，等猪头上的松香凉到坚固，一敲两敲，猪头上的猪毛就随着碎落的松香下来了。而我想酒再黏稠也黏稠不到松香那样，即使是古都西安吴克敬兄请我喝过的那种稠酒也没那么稠，究竟是怎么回事？周二先生居然用松香来形容酒？但这是诗，不是教科书或某种土特产的什么介绍，所以不必细究。而知堂老人的这首诗却让我忽然想到了菖蒲，这简直是更加的奇怪，为什么会看着这样的诗却想到菖蒲？真是说不清。所以就不妨说说菖蒲。

过端午的时候，乡下人会一担一担地把碧青的大菖蒲叶挑进城来，和菖蒲叶同时进城的还有苇叶。当然还会有味道极清的艾草。大菖蒲叶很大，一旦被剪过，便是宝剑了，挂在门首是专门用来对付五毒的。这样的绿色宝剑也只能在门首上挂一两天。到了端午那一天，据说五毒虫都统统"金命火命，奔逃无命"地躲起来去保命了，即使你上天入地地找，也很难找到一只两只，无论蝎子还是蜈蚣，用民间的说法就是"五毒躲雄黄"，或者就是在躲那菖蒲宝剑。上一次，在北京朋友的茶桌边曾见到大菖蒲，真是出人意料的大，起初不以为它是菖蒲，倒以为是大叶子蕙兰。说到菖蒲，文人雅士，或者那些既不文也不雅的士们，现在像是都喜欢养菖蒲，但人们喜欢的菖蒲照例都是长不大的那种，即使长大了也团团的仿佛只有清代的"花钱"那样大。这样的菖蒲可以种在酒盅大小的陶盆里，既不占地方又可以多种，唯这样的菖蒲才有资格放在案头去与琴砚古书为伍。而大菖蒲却没这种资格，人们总是把大菖蒲种在院门口或院子里，据说亦避五毒。

说到菖蒲，必要提到的一个人便是虎门的谁堂，其所植菖蒲之多之好是朋友们之间乐于说道的事情。许多人专门去虎门，便是为了去看他的菖蒲。今年的四五月之交的时候，谁堂曾寄一钱菖蒲过来，因为家里没有人，被放在门口药铺里达十天左右，即至打开包裹，不免让旁边的人吃惊起来，那菖蒲钱钱一团，仍然碧青。谁堂现仍客居虎门，日日治印于菖蒲之侧，看他照片，平头布衣真是大气。

也许谁堂肯著一书以专谈菖蒲，书名倒不妨就叫《菖蒲经》。

《青莲说》

　　各种的花里，莲花是别一种风致。不说它与佛教的关系，即使说，也恐怕说不大清。据说佛教世界中的莲花并不是我们寻常一到夏天就可以看到的那种。而到底是哪一种？好像谁也说不清。以佛教的典籍来说莲花，那大概每一瓣的莲花花瓣都有南方江湖上随处可见的小舟那样大，而且还动不动就会放出七色的光芒来。这就是神话了。而民间水域里到处可见的莲花却再大也大不到那样而且也不会放光。在民间，莲花、荷花，和李清照"误入藕花深处"的藕花我以为都是同一种花，也就是我们今天所能看到的荷花，而不是可以种在大水缸里的那种睡莲。睡莲和荷花不是一个科属。睡莲开花小而且只浮在水面，不可能让一只小船一下子开进去，更不会有什么深处，只有荷花才会长到一人或比一人都高。孙犁先生写过在荷花淀里打游击的小说，船就是在荷花丛里划来划去，也只因为荷花可以长到很高。至于民间怎么把一种花弄出两个名字，到底怎么回事？这需要让那些既有闲情又有时间的人去做一番考证。但有一点可以在这里说明，莲花的叫法好像是要早于荷花。古诗云"莲叶何田田，鱼戏莲叶间，鱼戏莲叶东，鱼戏莲叶西，鱼戏莲叶南，鱼戏莲叶北"。这首诗真是热闹，水光波纹都在，时时还被鱼搅动。亦有欢愉的情绪在里边。而这里的"莲叶何田田"，倒又好像是在说睡莲了。所以说，有必要弄清楚睡莲是什么时候出现在中国，或者它是否本来就是中国的植物，而荷花的出现又在什么时候，或者，它们的名字是从什么时候最先被叫开的。

宋代的周敦颐可以说是爱莲花的总代表，他的一篇《爱莲说》没有多少字，却几乎是家喻户晓。他总结出莲花的许多种好。而我只喜欢其中的"只可远观而不可亵玩焉"。这种态度放在社会交往上简直就是一条很好的纪律。若实实在在讲到赏莲花，对于不会游泳的人来说也只好如此。而莲花到了夏天在北京到处有卖，后海一带，几元钱一枝，买回去插在瓶中可连开数日。而积习难改的我是更加喜欢那团团的莲叶，买回去煮粥，粥色碧绿，以六必居的酱菜下这样的粥很好，想喝甜粥加糖也很好。而莲花的好处也正在于此，不光花可看，莲蓬和藕都可以吃，而且好吃。所以说，只此一点，莲花是足以自夸的。

汉语中的"莲"字发音和"爱怜"或"怜爱"的"怜"字发音一样，明清之际盘碗中的图案多有"一把莲"，其主角就是莲花和莲叶。这种图案一直到现在都有，画在盘心或碗底，比"凤穿牡丹"和"金鱼戏莲"更加民间一些，也更让人喜欢。这种图案还出现在家具上，比如新婚的床几之上，朱漆的木板上以金漆画团团的一把莲，好看而喜气。

鄙人曾收藏的几铺北魏小鎏金板凳佛，有观世音造像的，是垂下的那只手持净水瓶，抬起的那只手持莲花，那莲花的柄子长长的，宛然的，可真是好看。我常想，做人要学观世音大士才好，胯下骑得住长毛施施然的狐，手里擎得起宛然低昂的莲花。唯如此，才是伟丈夫，倒不在你长胡子不长胡子。

看粥庵作画

看画家高英柱作画煞是有趣，大有分田地均贫富的气概，左一笔，右一笔，意思全在他的笔下，圃里斗大的牡丹艳若一堆烂霞，在他笔下偏会清逸起来，砌下的小草小花本不起眼，他却会格外体贴地让它们丝丝朵朵地显出精神来。别人注意牡丹的艳丽富贵，他却偏要激赏牡丹清逸的一面，别人注意不到砌下小花草的生生死死，他却偏要让人们认识它们的美丽。这里便有个性的锋芒，一一表现在笔下纸上，便与传统有了区别。有重新安排画里乾坤的意思，虽然他的笔下只是些闲花野草，但画家眼里的闲花野草皆不是别人眼里的闲花野草。无论那边的牡丹如何花开成阵，他的笔只一味与小花小草纠缠。这便是画家的性格。人世间的爱情均从人的性情中来。画家高英柱是极有性情的人。看他在那里作画亦让人喜欢，眼皮微微垂着，肚子丰硕了一点，顶着画案，人站在画案边，是随手点染，是胸有成竹，一边还和朋友说着话。在别人，作画是件大事，头上像顶了一万个昆仑，在他却是随便；在别人，要焚香沐浴，在他，作画却一如剥葱择蒜。在通州，我倦在画家怀一的床上，彻夜听他和怀一在大真禅房作画，叫跳笑骂，说是作画，却是诗人的气质，锤炼诗句的味道。

过去有一个故事是在说，樵夫担柴去城里卖，买主叫他把柴捆打散来看，两捆柴七七八八扎在一起，打开看，却根根好柴。这个故事讲的是禅宗里的事。英柱的画便如此，在当今画坛，他用笔墨是一流，根根都是好柴，笔笔均知道行止，就是有时候会不耐烦起来，若认真，金子般地惜起笔墨来，会更好。

今年我去南京看了一回梅花，远远看去，近近看来，只是梅花。看画便不是这样。比如看英柱的画，绣球和那一枝荷，闲草和那半树梨花，远远看是花花草草，近看便是一片笔墨。是笔墨化为花？是花化为笔墨？让人想起一句老话："英雄走的路，平地皆是绝顶！"画家到此一境地，画才好看，画要不要好看，当然要好看。如俗人的我，看画第一要义就是要个好看。高英柱的画好看，虽说是花草，却有建筑的感觉在里头，可以让人走进去，逛庙一样走一圈儿再出来。与此相对，有些画则混沌莫名，你既走不进去，亦不会走出来，是一头雾水，看画如猜谜，此画定然不好，看画要讲解才可以让人懂，便是给医科学生上生物课。看画让人做种种妙想才好，要让人想到风日，想到露雨，想到天黑后这花怎么办才好。苏东坡要是执意做画家一定会好，只一句"只恐夜深花睡去，故烧高烛照红妆"。画家要的就是这种情怀。这亦是真正的平民情怀，平民情怀来得最平和实在，也妥妥帖帖。

高英柱是有着平民情怀的画家，所以阶砌下的一株细草，两片秋叶才会在他的画作中得以不朽，世上真正美丽的东西倒不是那岭南花开如小碗的木棉和荷泽那边铺红堆紫的牡丹，有时候，在道边坐下来，不经意看到路边的一株小草，一朵小花，我们的眼睛为之一亮，这就是美。

看画家高英柱笔下的花花草草，眼睛便为之一亮。

城市的风景

说实话，现在的城市风景并不好看，而且是越来越不好看，是水泥与钢筋的森林——再加上大量的玻璃。城市越大越是这样，所以，人们爱去周庄，或者爱去更小的地方。去那里看更接近自然的东西。城市有什么好看呢？古时的一般城市格局必定是十字街，四座城门，再加上晨钟暮鼓的钟鼓楼，当然还有庙，生孩子可以去娘娘庙，死了人可以去五道庙，各有去处，各得其所。清雅一点的人自然也有去处，或是一个湖，或是一座山，想不开的可以去投湖，想得开的可以去庙里出家修行。但山水庙宇毕竟是没生命的东西，无论你怎么说山水有性灵，但你却无法与之对话或发生别的什么关系。一个城市好，我认为，首先要有一个诗人，还要有一个画家，当然，最好还要有一个音乐家在那里调理琴弦，这么一来呢，这个城市便有了活气。刘禹锡说得好："山不在高，有仙则灵。"古老的平城一千五百年前曾是世界性大都市，众多的波斯罗马商人曾经在城南聚居展示他们的奇珍异宝，现在这个城市小了许多，但这个小城里住着画家高英柱，又让人觉着它不小。一个画家，他的本事就在于可以使想象的世界在他的笔下无限制地大起来。当山山水水和各种的花卉慢慢在一个画家的笔下纷纷呈现，这个城市在某种意义上便也会随之开阔起来。

说到画家高英柱，是一个惜墨如金的人，他笔下的花卉，一枝，两枝，一叶，两叶，从来都不肯多多地一丛丛地生长在纸上，高英柱在当代画家中，是笔性墨性十分好的画家，就用笔用墨而言能出其右者不多，枯笔，淡笔，用水用墨，一枝一叶均有笔墨的大趣味在里边，秋葵的枝干，横横斜斜一笔笔下来煞是让人耐看，那既是枝干又是笔墨，既是笔墨又是秋葵的枝枝叶叶，用墨用水丰富而到位，干净利落笔简而意繁，能做到这一点，便是画家的修炼。对于一个画家而言，画就是他的生命和全部，其行其止都在画里，眼里的一窝淡云，心上的一眉小山，窗外的一株小树，阶下的几丝碧草，在画家高英柱的眼里都是笔墨与情趣，高英柱的情怀是散淡的，你可以有壮阔的千里万里的情怀，而人家也可以有独赏阶砌下一枝一叶的雅趣，高英柱是后者。高英柱的笔墨干净漂亮，是笔笔都有东西在里边，是小心翼翼的修炼，是修炼的小心翼翼，是寥寥数笔满堂生香的意境，构图与他人有大不同处，大胆汲取了民间瓷艺画过枝的方法，一枝花从碗的内壁千娇百媚地开起却一直要过到碗的外壁上，表现在他的画里，整幅画的效果特别疏朗大方，花卉的这一枝可以从这边伸展，而那一枝却又会从另一边过来，枝与枝之间，花与花之间互不纠缠却呼应有致。高英柱用色特别吝啬，一点点，只一点点，从来都不肯大红大紫起来，只给你一点点，也就是只一点点，让人觉得特别的可怜可爱，花骨朵上的那一点，芋头上的那一点，绣球上的那一点一点，而且都淡，淡淡地溶在水墨之间，特别风致好看!

英柱的山水，小幅居多，用笔却不再简，用笔用墨用水的变化更加丰富，用色却还是在那里吝啬着，高英柱的山水苍苍茫茫者少，是一亭一树一石一山渐次展开，均笔笔有交代，含糊来去的笔墨很少。说到高英柱的山水，且不要说笔墨当随时代这句话，就笔墨而言在当代画家中亦是精到，亦是笔墨好得要紧，英柱的大幅山水我没见过，所以且只说小幅。英柱的花卉是写实的，而其山水却是表现主义，是心中的丘壑块垒！是小小的山水，小小的亭林，当然，作山水未必就要排山倒海，这与个人的喜好与追求分不开。你说黄山好，却并不能由此说一眉一眉的吴山越山不好。

一个人，喜欢上一个城市，仔细想想，往往不单单是这个城市的山水林木建筑气候，一个人怀念一个城市，更重要的往往是居住在这个城市里的朋友。我离开大同这个小城，有时候会急匆匆地想回去，就是想朋友，这朋友之中，便有画家高英柱，我常想，此刻又有什么美丽绝代的花卉在他的案上徐徐开放，或者，他又在他的纸上造就了什么山水亭林？

胡石与他的画

胡石是条汉子，个头与块头都似乎要比别人大一号，多少年前，胡石的画名早已远播。我以为，胡石于书画之外，是喝酒最好看，人坐在那里，说不喝，说不喝，但为了朋友会马上再来一杯再来一杯，或者，再来一杯！那气概真可以说得上是古典，而且是《水浒》中的古典。看他喝酒，才让人知道什么是豪爽之气。因为他，你也许会普遍地喜欢上山东人，就这一点，我认为胡石应该去当山东会馆的馆长，或者去做山东人的总代表。我和胡石有缘，那一年我收到一古董木雕，雕的是一个葫芦，葫芦里端然一老衲，老衲态度沉静，坐在那个葫芦里闭目参禅，葫芦一般是装酒的，虽然它也可以装太上老君的仙丹，但我依然相信它只好用来装酒。那一次胡石莅临大同，喝酒喝得真是四座生风，他那么能喝，所以你简直是没有道理不喜欢他。我把那个木雕葫芦老衲送给他，好像是，那东西原就是给他准备的，那时候他的画作里总是左题一个"老胡瓜"右题一个"老胡瓜"。那个时期，胡石的画真是让人看了眼睛一亮，枝枝叶叶，花花朵朵，是野逸加富贵，这原是很矛盾的组合，但他就是把野逸与富贵加加减减在一起，是别样的好看，是别样的与众不同。看他那个时期的画，是有风在里边吹着，花和叶子一律在纸上"哗哗啦啦"动。我早就说过胡石笔下使得一股好水，汪汪的让人知道什么是中国画的氤氲，让人知道什么是宣纸的妙好。胡石是——怎么说呢——是国内屈指可数风格独特的画家之一，他的花鸟只要一张挂在那里，会让人马上明白那花花鸟鸟姓什么。看胡石作画，也煞是好看，大有君临天下的气概，人站在画案前，屏了气，精神都在纸上，一笔，想想，再一笔，一笔，想想，再一笔，不是笔走龙蛇，亦不是千枝万朵，是一枝一叶，是三笔两笔；虽三笔两笔，亦是满堂风雨，说满堂风雨分明又不对，是，一枝一叶都有世间的风霜雨露在里边。不到十年间，胡石的绘画风格在悄然生变，如果说以前是野逸而富贵，那现在胡石的画风应该是"始绚烂而后归于平淡"之后的"简淡清真"。说到画家的画风，胡石在中国众多的画家中，其风格是十分独特的，用色，淡淡地敷；是敷，而不是扫，亦非抹。怎么敷？敷到什么地步？不好说，是薄淡若无，好像是一吹那颜色便会化为无物。勾线，是婀娜而又刚劲，其近期的画更是努力在减少线，加更多的面。就敷色而言，我以为胡石是以工笔之法出写意之意趣，怎么说呢？胡石现在是更加地发心发意要向宋代花鸟那里分几分风月。胡石笔下的鱼，是"轻鲦出水"的意思，你也许只看到它的鱼鳍，或是它的鱼尾，你是只能看到鱼的一部分，鱼的其他部分只在水里，那水呢，也只在胡石的纸上。美国作家海明威说写小说之含蓄是要示人以"冰山之八分之一"，你只能看到冰山那浮出于海面的八分之一，另外八分之七你根本就看不到，它沉在海水里，但你能感到它的存在。看胡石那一尾尾浮出于纸面上的鱼儿，你会感到这种妙趣，即以他近期的花鸟而言，你会感到胡石把写意的境界稍稍那么一拓，拓到了别人尚未达到的那么一个境界，台湾作家蒋勋在一篇序言里说过的一段话颇获我心，在这里不妨引用一下，用来说明胡石近期花鸟的好处："不知为什么，这些年，每当从伟大的博物馆出来，都有点累，倒是随身坐下来，靠着柱子休息，不经意看到柱脚下一朵正在绽放的小花——不知是哪里吹来的种子，在这里生了根，发了芽，那样愉悦自在，使我心中一惊，仿佛似曾相识，只是那种可亲的感觉，便解脱了博物馆中所有伟大壮观的累。"胡石近期的花鸟就好在这里，是一枝一叶，是小小的，亭亭的，最近，连《本草纲目》里的草木也在他这里有了身份——是"简、淡、清、真"。当代画坛，当得起"简淡清真"这四个字的画家不多，而说到"简淡清真"，这在胡石是一贯的，从十年前看他的画到现在，胡石的审美取向从来都不是"英雄主义"也不"伟大壮观"，胡石的花鸟便是那"不知从哪里吹来的种子，绽放出那么让人心惊，那样愉悦的花朵"。我以为那是从中国花鸟画传统的精髓里吹来的一粒种子，所以开出的花才让人感到格外愉悦。看宋代的花卉草虫，让你深深感动的岂止是那画卷之上的花卉和那些斑斓的蝴蝶和蚂蚱，让你感动的是一千多年前那些画家们的情怀。看胡石的画其实就是要看这情怀，所谓的文人画也就是要看这一襟情怀。胡石的花鸟就是"简淡清真"的情怀。有些画看上去大，是越看越无物，有些画看上去小，却是越看越丰富，胡石应该是后者。我个人喜欢他的画不说明什么，但我是喜欢。

说到胡石，看看他的人，再看看他的画，风格是完全相反，你要不认识他，你很难想象那皆有风霜雨露的一枝一叶出自他手，那天在二月书坊，我让随我去的朋友墨人钢猜一下胡石是画什么的？我的朋友看了胡石，说，定然是个画山水的，我问为什么？我的朋友说因为胡石身上有山水的峥嵘之气，这话说得好。

胡石身上有半个好，另半个好只在他的画里，合起来，才是一个好！说到胡石，不能单论画，要人与画一起来论，才好看。还有，让他戒不戒酒呢？戒了就不是胡石了，最好是跟别人戒，我去了呢，他还是要喝一点，要是不喝酒，就不是胡石了。

且入梦境

梦是美丽而自由的，你就是做一个噩梦，醒来料也无妨，枕席安然，世界清明，牡丹照样还在做着它碗大的花朵。艺术和梦差不多，艺术的最大好处就在于它可以让你一脚从现实中逃离出来再一步跨到另一个世界里边去。看于水的画作便是如此，忽然让你来到了一个美丽的世界，这美丽的世界里有许多让人心仪的美丽的女子。这美丽的世界和美丽的女子离我们好远，都一千多年了，但她们突然都从于水的笔下成了精走了出来，让我们好生惊喜！那画面上的一榻一枕好生让我们联想翩翩，那案上是什么？书卷和豆青小水盂儿，那缸荷花开得又是多么写意，也不孤单，有几叶蒲草相伴。那古装的女子想必是看倦了书，我倒愿她是在读《西厢记》，读倦了，她侧躺在榻上想什么呢？团扇还拿在手中。另一女子背她而坐，倒是望着屋里的另一女子，那屋里窗前的女子亦像是刚刚打开了书卷，我宁愿她是在读《牡丹亭》，那杯茶想必还馥郁着，才刚刚喝了一小半儿。三个丽人，一侧躺，一背坐，一在窗内，这便有了情节，让我们既想参与进去演那么个角色，又想知道她们缱绻着什么样的闺情？于水的《宋人词风》这一组画特别让人爱见，特别典丽。究其特点一是简洁二是让人想象其情节，是特妙的情节性！而这情节都一律好像是在画外，谁都不知道还有谁会一下子再闯到这典丽的画面中，我想那个人应该是我而不是别人，我宁愿是我，着了鹦哥儿绿的长衫，也许还会戴着眼纱，手持着一朵刚刚摘得的梅花儿闯进去，去和她们讨一杯茶喝，或者听听她们弹琴。她们到底在做什么？这些个于水笔下的妖精古典美人儿？还有另一幅《宋人词风·茶烟》，画面上是一个小小的只有于水用他的笔才能盖起来的亭子，亭子边的柳树下端端立着一匹白马，一女子在做茶，旁边的茶炉上端端坐着茶壶，不知是否已做松涛响？一女子捧着玉般的水瓶正走过来，另一女子却背着亭子，背着树，背着那马，背着她的同伴在吹细细的一管箫。这幅画的好处也在于有画外的情节，做什么呢？她们做什么呢？那白白的马儿是给谁骑的？那人还在画外，画外的东西让人着实好奇得紧。另一幅，《扇面·韶光》更加简洁，两女一站一坐，中间一棋盘，坐着的女子捧一茶盏，立着的手里是一团扇一卷书，正回头看着画外，坐着的那位也是看着同一方向，出了什么事？我们又要问，是下棋的公子走了吗？这小画儿特别有情节性，特别有情调，看过众多的古典人物画，以画中人物的眉目之情使画里画外频生照应之妙，于水可算做得好！我们从三个人物说到两个人物，再从两个人物说到一个，《宋人词风·扇形二》这幅画里的女子也忒孤单，道具也忒简单，两把灯挂椅，一张霸王枨小茶几，几上一壶二盏，女子手持团扇却做罢扇状，神情嗒然若丧。她在等人，是那妙人儿久久不至？还是那妙人儿已然拂袖而去？这小画真是极妙。设色用线均简单大方而典丽。于水的仕女画不是典雅而应该是典丽，金勾银划的小字恰好用来配这典丽的画面，简直是柔情蜜意相得益彰。

面对于水的《宋人词风》组画，且入梦境！

马骏印象

马骏的两只眼睛特别地清亮，感觉白是白黑是黑，里边没有多少笑，倒是很深，这个深感觉是有大智慧在里边，看几件马骏收藏的藏品，便觉什么是"人慧心慧"，东西对且不说，还都有个好字在里边，问题是，有些人所收所藏都对，却不好，既对且好就不一般，没有好眼光怎能收到好东西？好东西需要好眼光，在这个世界上不是缺少好东西而是缺少好眼光。就收藏而言，藏品和藏家就像是情人的关系，它在那里等着你，你不来，它宁肯变为随风而散的尘土，没有好眼光它也只好变成随风而散的尘土！看马骏的藏品，即使是小件残品，品格与神韵却不残！

马骏的眼力好，是从眼到心，从心到手，所以画便不俗。

马骏好像是不怎么能喝酒，但有十分的义气，在那里鼓动着他让他喝，是义气把酒托着，那一次在大同，怀义在，李津也在，喝高度草原白，嚼风干牛肉，店肆小小，却意气风发满堂豪气。马骏那天喝多了，据说第二天都在醉！再一次在天津他的画室下边的餐馆，马骏再加上天津作家武歆，我们三个人喝掉了两瓶白酒，直喝得马骏回去便支撑不住，但还是伏案画了一张仕女，只一张脸，一张元素纸上只一张大脸，然后倒下便睡。看马骏作画亦是一件有意思的事。马骏持笔很低，手指几乎要挨着笔头，勾线快，且准而有力，勾几下，把笔在画毡上揿一揿，勾几下，再把笔揿揿，用颜色，是一点点，少而又少，在浑然的墨色之中忽然有很娇很娇的颜色显出它的色相来，如《清凉处系列》手巾架上手巾的那一点点颜色，墙外芭蕉叶子上那一点点的颜色，比如《深居系列》一人睡起一人仍然睡卧那幅的睡枕上的那一点点颜色和果盘里那一点点颜色，都妙得很，是娇且妙，是只有那么一点点，却妙得让人在心里禁不住"啊"一声，马骏手段，色彩三昧！

马骏用色极节制，用水却极舍得，是"水何澹澹"！马骏像是十分喜欢水而且善用，一片一片的水浓浓淡淡，一丝一丝的线粗粗细细，是燥润相宜，是丰富。看马骏的画儿，不问内容，略去具象的形，眯着眼只看画面上的浓浓淡淡干干湿湿的色块儿和各种的线，便有一种让眼睛极舒服的感觉在里边，就像是有人在那里用汉语古韵朗诵旧体诗，你虽听不明白他在念什么，却有动听的高高低低的音乐性。这就是马骏水墨的精魄所在！这就使马骏的作品呈现了与他人不同的风范意韵，马骏绘画中最为突出的是——水墨特有的质感美。虽然马骏的一组一组的绘画作品名为《清凉处系列》《观望系列》《深居系列》等，但其实是"无题"的，就像是诗歌中的《无题》。马骏的作品用意是不定向，亦很少加题款说明，但你看他的画可以有更多的感受和想法。看马骏的画，看那一个又一个拖着拖鞋四处行走的古人，他们大多都是些闲适无为的男人，他们拖着拖鞋光着膀子放下了男人本该有的盔甲器杖，闲适地在马骏的画里节奏缓慢地走动坐卧，读书，打扇子，洗浴，或者是在那里睡。榻、几、灯挂椅、帷幕、竹帘、杯盏是这些人物的道具——道具显出他们的闲适与慵懒。马骏笔下的古典人物与其他画家有很大的区别，是既没有《九歌》中的神话人物，亦没有古时清谈挥麈的大名士，马骏笔下都是些没有名色的人物，他们东张西望，自在安详，且有些让人觉得莫名其妙，让人不知道他们都在做些什么。整天在做什么，一个在那里举着杯，另一个却在那里取耳，一个已经醒来，另一个还在那里拥被大睡，在马骏的绘画里是没有战争也没有男人们该去做的事，他们过着《红楼梦》中贾宝玉所向往的生活，既不谈经济又不讲仕宦。看马骏的画作，慢慢地，你会离开现实，进入到另一个世界里去。什么是艺术，我认为艺术就是要让人暂时远离现实，要人拉开与现实的距离，艺术若是与现实生活没有距离，那我们还要艺术做什么？艺术要的就是和现实生活不一样。艺术让我们看到的是另一个世界，而不是把我们这个现实世界再拿过来让你重新看一遍，如这样，艺术是残酷的。

在中国当代的画家中，马骏应该是最善于汲取传统滋养自己的画家之一，画像砖，古代壁画，传统点线，马骏都能直攫其神韵，几笔勾勒一匹马，直可以为古人起一粉本，可见马骏对古典领悟之深。马骏的画室，是一画案，一罗汉床，再加一柜，柜上有一汉代彩绘女俑，在那里窈窕着，又一汉砖，那砖上边的武士在飞奔，两脚不沾地，胡子都在动。马骏的画室可以说极简，极简地在那里极简着，马骏的画室里也没有太多的颜色，颜色本来只在他的心中。一进入画室，马骏便生活在另一个世界里，这是马骏的幸福，也是我们的幸福。让我们弄不清的，是他要时时带动别人去他的那个世界里去闲适一下？还是我们情愿经常到他的世界里去造访？

这便是一段印象。

陈平我看

　　画家陈平是中国画家中很特殊的一位，从古代画家一路看下来，跳过专门画鬼的罗两峰，然后，我以为就是陈平，当然陈平不画鬼，但陈平的山水让人十分爱看的地方是他的诡异，或者更应该说是梦幻。有时候，晚上，打开他的画册看，忽然觉得自己果真已经来到了梦里，里边的水波和云气，一波一波，一卷一卷，地上的树木还有小草，果真都是梦。在陈平的画里，天上的云气，地上的植物，都是梦中的理想境界。所以说，陈平在某种程度具有诗人的气质，他笔下的山山水水，即使他画现在的小道和梯田，画院子里当下的菜畦或者是那么一条泛着月光的小水沟，都会蒙上浓浓的诗的意味和重重的个人色彩。看陈平的画，让你感觉有些晕，这是他的画作十分与众不同的效果。把陈平放在从古到今众多的画家之中，他果真是十分的独特。——天上居然飞着龙，下边的那个画中的角色居然非要戴着一顶毛式的帽子，身上呢，是中山服，而那通向暗暗的窑洞的那条路像是彻底要放出光芒来，诱惑着人们必须去走它。

　　在中国众多的画家中，陈平是努力要创造一种新符号的画家。有一种尴尬在里边，那就是，想摆脱什么又无法完全摆脱，想向自己热恋着的传统告一声别，却又无法提着自己的头发把自己提离传统的地面。陈平的风范与独特的美正是在这里焕发着。尴尬美不美？尴尬难以说美，但恪守传统而又想从传统中挣脱出来的尴尬在陈平这里就是一种美。看陈平的画儿，不必说他的水墨技巧，陈平的水墨技巧在当代恐怕有过他人而无不及。陈平的画儿是梦幻的，主观的，是抒情的诗歌，而不是描情状物的小说。说的不是《世说新语》里的人情世故，而更像是庄子上天入地无可无不可的味道，庄子也是梦幻的，但不能据此说陈平是庄子式的道家，我觉得陈平与佛都不黏涉，陈平是清新而润泽，而这清新和润泽都被大黑大墨统治着，陈平的暗黑之中有各种美丽的纹理在诱惑着你，大黑之中忽然会让藤黄出来一亮，个中的诡异，梦幻般的诡异亦是诗歌般的诱人。陈平有这样的本事，他能把一幅山水画画得蛮像一幅古旧的壁画，而且是古寺里的壁画，但细细看过去，传统的一切笔墨风月都在里边，而且，更重要的是，在里边，还找得到当代中国人的美好情愫。别人画幅中的水分是一抹一抹地洇开，或者是滩在那里永远不让它干。而陈平画中的水分是在那里完全变成了雾，是雾状，一雾一雾地喷着。

陈平喜欢度曲，但既不那么着力反映新生活也不太使劲表达个人对过往琴棋书画的过分眷恋。是一种形式，有这种形式也是美，他的那样的字，他的那样内容的曲，他的那样的笔墨，完成了一个形象就是陈平。

梦幻陈平，笔墨情境，如梦如幻，诗歌般的。

我读周一清

我习惯以写小说的眼光看待其他艺术。

看周一清的油画，忽然感觉就是在看精彩的短篇小说，短篇小说风格种种，我喜欢最朴素无事的那种，朴素而无事，读之又精彩万分，这就是世上最好的小说，这样的小说，看罢仔细想想，怎么居然会这样简单这样好？怎么会简单到没有一点点故事？但再看，还是好，"简单"二字的好不是一般人所能领略，简单是概括，还在于，这概括首先是摒弃了一大部分人，艺术这件事，原是不要太多的人在那里鼓掌叫好，如果全体起立叫好，对艺术，那必是一件天大的怪事。周一清不是在大舞台歌唱的那种所谓主流艺术家，他的舞台在光与色的山林、寂寞而躁动的建筑、广袤而无际的天地间，热爱周一清艺术的人会一见倾心，不爱他艺术的人面对其画无可获知。

周一清的油画之好，我以为好在一如精彩短篇，没一点点建功立业的念想在里边。那给阳光照亮的房子，那有着大片阴影的树丛，还有那欲雨不雨的云，那远处的山峦，还有金红的草垛、红砖烟囱和渐渐隐没的幽径，这种种景物相加，合在一起诉说着周一清心境的定静。看周一清的画作，让人常常想到"田园将芜胡不归"。这句名言，真正是怪事，由周一清的油画忽然跳到陶渊明的文！周一清的油画是田园的，平和的！尘世间的风景太多嘈杂，但一旦从周一清的那面心镜上反照出来便变得如此质朴而纯净。我们看到的就是这个，周一清的"这个"比世上真实的"那个"更简单更质朴，如能看进去也更丰富！是，略去了一些，留下了一些，又多出了一些，略去了什么不必说，多出的是心情和诗一般的笔触，这些东西都山高水长斗转星移地被概括在周一清的画里边。

周一清的心境不是新进的，周一清的心境是农耕时代般的天地悠远！日光斜照般的丰富柔和！他的画有些让人惆怅，美原是要让人惆怅的，一看他的画，马上，就像是我们自己已经失去了什么。而真正的原因是我们生活在污浊之中，一旦看到周一清的静好世界，心里不免要起一阵震动，一阵惆怅。看周一清的画你就是想要走进去，想去他那里消解一下由现世带给自己的种种不快。面对周一清的油画，"田园将芜胡不归"既是感叹，又是一种真正的喜悦。看周一清的油画作品，只感觉到他作画时应该是一笔一笔心里满满都是喜悦，光与影和色彩给他无尽的喜悦，这喜悦转给我们却是伤感，是以欢愉做底子的伤感！伤感有时候亦是伟大的，因为，现世许多的人已麻木到不会伤感！好像是，也不配伤感！

看周一清的油画，我以为周一清是一位执着的田园诗人，若生活在陶渊明时代，他一定会和陶渊明交上好朋友，也许会和陶渊明在一起听听布里顿和贝尔格！再喝一点点曾在周府把我灌醉的五粮好酒。周一清说自己喜欢意大利的瓶子画家莫兰迪，我以为在中国，和莫兰迪的心灵最相契合的也就是周一清，唯一可以和莫兰迪放在一起说说的画家也就是周一清，虽然周一清不画瓶子！周一清与莫兰迪相比，莫兰迪的画面好像是更动一些，而且，莫兰迪敢画横空而来的电线！在这个世界上恐怕再没有任何电线会比莫兰迪画中的电线粗！还有，莫兰迪还敢画一树一树的电视天线，我更喜欢莫兰迪也在这里，周一清与莫兰迪的小小区别也在这里，周一清好像是更纯净，更理想化。日本艺术，从茶道到其他的各种道，给世上做反面教喻的就是他们把它们做得太精致，精致到再没一点点可供生命喘息生长的缝隙！把周一清和莫兰迪两相对照，我个人更喜欢莫兰迪那种忽然而至让人想不到的神来之笔！我太喜欢莫兰迪的静物，那一排瓶子高高低低站在一起像是在咏唱，亦像是充满了孜孜不倦的喜悦！莫兰迪还喜欢在他的某一个瓶子里放一点点钴蓝，或一点点柠檬黄，那一点点钴蓝或柠檬黄便是这世上最珍贵的金子！我还想说，意大利那边有莫兰迪，我们有周一清！周一清的"陆郎写生""天目湖写生""车桥写生""溧水写生"，他的 2002 年的布面油画《老厂房》，2006年的《工地》和《烟囱》等更多，怎么说呢，我以为都是当代油画艺术中不朽的"短篇佳作"。

看周一清的画，我还想说一句的是——我找到了我想要的心情，这最重要，比什么都重要！

说怀一

　　怀一的文章好，他便用他的文章来调养了他的画儿，他的画儿便和别人大不同。有人用金钱调养画儿，有人用酒色调养画儿，有人用沽名钓誉调养画儿，而怀一是用好的文章调养画儿。怀一的文章大多短，不是学问的文章，不是壁垒森严的文章，是性灵的好文章。好文章一如山间好水，储在地下却又注定要流泻出来，在山涧大石间，在丛卉大松下活活地流。这在怀一，便流作他的笔下的画儿。文人画怎么说？可不可以说是有"人文情怀"的画就是文人画？新文人画怎么解？新在哪里，世界上原没有什么新旧之分，艺术更是这样。那这个新就难让人理解，不过也不必求解，世上许多事原都无法求解。红颜色为什么是红颜色而不是绿颜色？你把世上许多问题都这样想一遍，也许你会就此悟道。新文人画只不过像是有人给自己取了一个名字，叫猪儿，叫狗儿都行，原是没有什么特别的意思，如果有一点意思的话，那新文人画可以说就是指武氏怀一这样的画儿。

　　武氏怀一的画作综合了中国传统绘画的种种宝贵遗产，以此抗拒当代生活致使传统文化分崩离析的局面，而实际上武氏怀一的艺术行为也正在使传统文化分崩离析，这究竟让我们领略什么？

新文人画家们的白日梦是美丽的，真正是"更能消几番风雨，好一片纸上江山"。

怀一的画儿因为得文章之滋养，所以能一不世俗二不商业，世俗的画儿对世人照顾得太体贴入微，唯恐对世人有一点点的不合适，就像脸蛋红红的家庭主妇入厨做菜，满脸是汗，东忙西忙，样样都为客人想到，客人却偏不买账。新文人画却往往是自己爱吃什么就在那里兀自做起来，当然你要爱吃也不妨来一口，那菜绝不是大馆子的"照例做来"，却完全是只看个人喜好的"小炒"。商业的画，意思就是卖钱，要卖钱就要讲卖相，这就如一张女人脸，为要人百般地去喜悦，便这里涂涂那里抹抹，有时候是好看起来了，却让人看不出化妆品后边的那张真实的脸皮。新文人画有点点素面朝天的味道在里边，管你喜欢不喜欢，也许是：清早一起来，只用清水洗洗，头发呢，就那么梳两梳就出来见人了，却往往让人喜欢得了不得，而喜欢的人一多，自己却又不高兴起来，新文人画和旧文人画加起来就是这么一种怪怪的精神，骨子里的拗倔之气。

怀一的画让人想起过去的中医给闺中千金小姐看病，帷幔紧垂着，只能让郎中摸索到从帷幔中伸出的一条纤纤玉臂，好一条玉臂，只能让人看到这么小的一点点的玉臂，其他部位全然不要人看，却勾动人的更多的想象。怀一的画以少少胜多多，只肯给人看他的一条或半条玉臂，用笔极吝啬，别人画山是一笔笔加一笔笔，开荒样越多越好，加来加去地画，墨也是施肥样多多益善地涂了又涂。而怀一的山却也许只是一两条线，再加上一点点赭石或花青，松树瘦瘦凛凛的，树枝子在他的画里就竟然那么不肯长，山下两株树，每一株树上只长两三撮儿松叶子。竹子呢，也如此，仿佛是一律都遇到了虫灾，只剩那么两三片叶子，却又偏来得疏疏朗朗，一切多余都已被祛除到笔墨之外。

有人作画常常与生活商量，与看画人商量，武氏怀一却谁也不商量，好像是想怎么画就画了出来，一个小亭子，三个人，架在半空里，不知在那里说什么，危危小亭周围应该是山，却分明没有山，读画的人便总想有山，而画上分明一山也全无。读画者便明白什么也没有原是雾遮了去，这么一想，那小小亭子和那两株树的空白处果真是有了雾，白茫茫的好一片大雾。这便是意趣，"无中生有"的意趣。

好画原是要让人"无中生有"，如一幅画让人"有中生无"那又是怎样的呢？读怀一画所想，遂记之。

赵亭人印象

在我的印象中，亭人像是有几百岁了，虽然他很年轻。

亭人的眉毛与胡子都很黑，黑与黑不同，亭人的黑是很古气，很厚，最爱看他的笑，笑得很朴厚，只有在笑的时候，才让人觉着他精神中的闪烁。笑的时候，亭人的眸子很亮，用这样的眼看山山水水，山水想必也会一片清朗之气。

说到画家的气象，可以不必先看他的画，看人便也有滋味在里边，亭人便是有滋味者，让人觉着他有好几百岁的岁数，是他的沉淀，画家便要这样。如果是鼠窜样的性格，一刻也不肯安定下来，下笔难免枉然，国画家最怕的是妄下笔，一笔妄下，笔笔皆妄，一幅画便会火气逼人了无可看，用毛笔和宣纸作画其实就是修炼，峨眉山蛇精一样地苦苦修炼直至修炼成仙。说到画家修炼，形而下是笔下的功夫，形而上是精神气象，说精神气象好像亦不对，是一种十分复杂的综合，是技巧，是印象，是无技巧，是无印象，直至上升到一种感觉，感觉是什么？是更加复杂的综合，对纸的认知，对颜色的认知，对赭石与秋叶之间关系的认知，对花青与大气之间关系的认知，是笔墨功夫与山水云岚之间的厘定。

亭人的山水大多用减法，挂在那里会从许多画作里跳出来，亭人的山水，这里一山，那里一树，皆惨淡经营，不肯多，是简静。看亭人的画，可以感到有建筑的意思在里边，是小小心心，是一点点不肯放纵。国画是越少越难，越简越难，亭人是胸里先有了，再布施到纸上。我看他的山水，大多是立轴，立轴易于高峻却难于深远。亭人笔下的山不是重重叠叠，而往往是一座两座，而且不是整座山黑兀兀地挺立上去，他笔下的山往往是断山，当然是被那云雾断掉。

亭人的山水下笔拙重，轻盈之笔好像不太多，恰像其人，话很少。而他的山水用色用墨也亦拙重，是简单而引人注意，亭人的画挂在那里，让人体味到简静拙重的意思，但亭人的画若再复杂一些，或许会更丰富。

画家有时候就像是登山者，望着山顶，每个人都想找到一条自己的路，倒不是捷径，艺术原无捷径可走，也不必，国画家便是千年修炼的妖精，并非常人，你要找捷径，那你只能是常人，艺术家是用心在那里走路，一寸一寸地走下去，昂首阔步不是画家的姿态。

我看亭人的画不多，不知他是否曾从笔墨的繁华中走来，也不知他朝哪里走去，看他的画明白的一点是能感觉他在摸索，摸索的精神是伟大的，一个肯摸索前行的人，哪怕迟缓一如蜒虫，也会在器物上留下亮闪闪的一道过痕，艺术家怕的就是不摸索。看亭人的画，如读绝句，有格律在里边，还能让人感到有一个"我"在画里，从"有我之境"到"无我之境"，艺术最终是要走向无我。

面对亭人这样的画家，我总是很想与他在竹间品茶，或松下看云。为何做此想法？因为他的画作让人感到这种精神的存在。

答二月书坊问

用拥有一百多副眼镜的德国作家黑塞的一句话说："我认为，现实是人们最不需要关心的东西，因为它足够讨厌，甚至总是存在，而与此同时更美好的和更必要的事物在要求我们注意和忧虑，现实是人们无论如何不可以朝拜和崇敬的东西，因为它是偶然，是生命的垃圾！"黑塞一而再地说自己不是现实主义者，而画家恰恰也不会是"现实主义者"！这里就要提到一个"精神"的问题，精神永远不会匍匐于现实的地面，而是高高飞翔于理想的天空。几乎是每个画家都注定要活在自己的精神世界里，如果在这个尘世上还有精神的话。如果不说"精神"这两个字，那么许多的当代画家也都会活在自己的"想法"里，确确实实现在许多画家只有"想法"而已。现实令人厌恶，因为令人厌恶，所以艺术家们追求的是心灵上的另一种生活，"意境"二字便由此而生。但中国画远非"意境"两个字可以囊括。就绘画而言，山水重意境，花鸟重意趣，人物重情境，等等。

说到意境，我以为，意境是现实生活重压下可以让人们的心灵暂时得到抚慰的一剂良药。人们旅游，或寄情于山水，或暂驻风雪，或赏花问月，为的就是要远离人际关系如葛藤一般纠缠在一起的现实生活。董其昌的山水特别高远清澹，一笔一笔安详宁静，这种意境，与其说是他心上笔下的追求，还不如说是与他于动荡不安动辄便可罹祸的官场生涯紧张心情的互补。以董玄宰那样的身份，以他那样的身份派生出的那样的心情，不难理解他为什么追求这样宁静的意境，是有意要与现实生活拉开距离，既是一种休息又是一种抚慰！这就是艺术的真正妙谛所在。有唐一代，安史之乱那一段，草木皆兵民不聊生，倒出现了许多意境优美的田园诗，为什么会这样？那几乎是民众们的集体向往！是诗人对民众的一种莫大的抚慰！而在盛唐时期，歌舞升平，"小邑犹藏万斛金"，却产生了以建功立业思想为基础的边塞诗，边塞诗的苦寒意境是人们所不乐意经历的，但因为它与人们当时的现实生活拉开了距离，既变成了一种审美，又被人们乐于称道！艺术的妙谛就是要与生活拉开距离，如果生活是什么样艺术便是什么样，那我们还要艺术做什么？意境是理想化了的，是人类精神的休息场所。

国画的意境之美，是画面给人们提供更多联想的可能，是由此及彼，艺术必须要由此及彼，如果艺术不能完成这一个飞越便不是艺术，只不过是说明文，或是——看图说字。文学中的意境之美也如此，文字要在读者的脑海里变成海市蜃楼般的画面，如《简·爱》，你似乎都能感觉到主人公生活的环境，感觉到那种阴冷和潮气。说到营造国画的意境，不是画家自己在那里营造，画家只不过提供了某种可能，只是通过笔墨对看官们的生活经验做了指点和引导，然后由看官去营造，意境是仁者见仁，智者见智的事。意境的标准不会随时代产生多大的变化，尤其是中国画。石涛说"笔墨当随时代"，这只是某些人的事，就国画时言，你也可以笔墨不必随时代，你可以死死固守传统，固守本身便是一种美！是一种精神！中国画技法形成于农耕时代，你要它随时代发展，现在是什么时代？工业时代好像都已经是过去的事，你来画宇宙飞船或手机电脑是不是可以？关于国画意境，没有什么评判标准，简直就像是人类的做爱，兴奋点各各不同，也不必立这个标准，说到笔墨，却有标准，那就是笔墨一定要变化丰富而状物精微！似与不似之间要给看官尽量留有广大的想象余地！让人们于现实生活中看到现实生活中并不存在的美！我以为那便是意境。

　　德国作家黑塞同时又是个画家，前边引用他的那段话是就绘画而言。真正的画家永远不可能是现实主义者，他们只可能是理想境界的营造者，意境便是他们的极乐！

记李渊涛

我生性不喜欢酒也不贪杯，但不知怎么就总是会喝多了，心里对酒抵触着，却还在那里川流不息地举杯。记得那一次喝多了，坐在大巴士上，车过了一站又一站，过了我要下的那一站，我却因酒而继续昏沉着，后来车上的乘客都纷纷下了车，而我还在车上，虽然沉醉着，但我的手里却始终拿着李渊涛的那幅字，可见我对他的书法喜欢之深。

我是个容易激动而不那么太容易被感动的人，那次在美术馆看馆藏作品，一幅幅地看过来，均无激动或感动，但在展示手卷和长卷的展柜前，俯身看白石老人的花卉时却有十分的感动，立在那里看了良久，后来走开了，又转回来看了一回，然后再离开，准备出展厅的时候想了想，终于又回去细细看了一回。

我对书法简直是门外汉，但却喜欢，门外汉也可以有他的喜欢。那次在李渊涛的家里，他把刚刚写好的魏碑张了一墙壁让我看，从这间屋子一直张到另一间屋子，想不到魏碑的字可以写那么大，而且筋骨舒展，虽疏朗而笔势峥嵘，魏碑在诸书体里原是峥嵘的。那天渊涛写的魏碑个个字都有两个巴掌大，我想他是使了大力去深入，别人看了所以觉着好。有些人写魏碑是"板"，而那天看他的魏碑却是去掉了那一分板气，有金石气在里边而不生硬。那满墙满壁的字让我十分感动，除了字好，说来也有些可笑，我被感动还因为他写了那么一厚摞，摞起来，足可到我的膝盖。

有一阵子，我常常应邀去渊涛家看字，而我亦喜欢，他总是把写好的字一卷一卷地打开让你看，或者就马上写起字来，一边说话，七七八八地说些杂事，一边写字，人是站在那里，他总是抓着笔端，是轻轻地，又像是提着，因为是提着笔端，笔在他的手里就格外松活，笔被他松松地提着在纸上行走。他写字很沉定，一笔一笔，转笔的时候笔随腕动，转一下，再转一下，很好看，他自己有时亦得意，用乡音说"看看看，看看看"。有人写字是疾风骤雨，京剧黑头出场一样"哇哇呀呀"地风风火火冲上来。而渊涛是比较慢，写写看看，再写写看看，挂起来再看看，再邀旁边的人看看，渊涛很少夸自己，他有时亦会说一句粗话，用来总结自己的字："就那 × 样。"是笑笑地说，亦是乡音，也就过去了。渊涛的字，我看着好，令我喜悦。

说到书法，是不那么容易让人分析孰好孰劣，笨人说书法总是说这一字像哪一家那一字像哪一家，是什么什么体。好像是老太太坐在那里说这小孩儿像谁或不像谁，全不顾这小孩其实就是她自己，有她自己的眉角眼梢一颦一笑。书法不好评说，非要说，亦说不好，如果不说不行，便几近教学。

我看渊涛的书法，是有一种莫名其妙的喜悦在里边，真好像是见了好女子、好花、好草、好石、好茶、好古董、好颜色、好箫笛，是身不由己的喜悦。渊涛的书法是与众不同，笔的起落、腾挪、转折都有他自己的主张，说到书法，有主张便好，这主张不是由嘴里道出，而是用笔，一笔一笔写出。在渊涛，便是这样。

且说陈老莲

说来也怪，中国古代的那么多画家里，我独喜陈老莲。

前不久中路上遇雨，雨不大亦不小，我从来没有随身带雨具的习惯，想避雨，恰好路边有家小书店，想不到却买到了一本《陈洪绶集》，这本书薄薄的，里边诗占了三分之二，文章占三分之一。想看看是否有画论，却没有。其实也不必有，陈老莲的画论都一笔笔写在他的画里。我以为陈老莲的画好在人物——《水浒》《博古叶子》且不用说，一百单八将，每人一幅，个个英雄气长跃然纸上。而陈老莲其他画作中的人物却多以文人雅士为主。或在那里聚精会神地赏梅——《赏梅图》便是两个文士，对着石几上的一瓶古艳的梅花，梅花插在古铜瓶里，古铜瓶上有点点三绿，石几上还有一张琴，琴还在古锦囊里尚未取出。或者就是一位刚刚把头发洗过的人物，在那里晾头发，坐在一个天然的石几边，石几上是一盘娇黄的佛手，再就是一瓶花，还有，一瓯酒，石几另一边是一张琴。东西不多却样样经典。陈老莲有一张《品茶图》，画上画着两位很古的古人，陈老莲的人物都很古，人物怎么算是古？说不好，看看陈老莲的画就会知道。这两位很古的人物一位坐在奇大无比的芭蕉叶上，捧着杯，好像是刚刚哑了一口正在那里回味，他的身旁是石几，石几上是茶壶，茶炉，茶炉里的火正红，坐在他对面的人亦是宽袍大袖，亦是手里捧着杯，凝着神气，亦好像是刚刚哑了一口。这位古人的面前的石几上是张琴，琴囊是古云纹锦。旁边是插在古瓶里的荷花，三花两叶，不多，却亭亭，而且开着花，荷瓶边是藤子编的画筐，里边是一轴一轴的画。陈老莲用色极妙。茶炉里一点点红，石上一点点红，衬着石上的一点点花青，杯子和荷花上是一点点白，真是美艳。说来也怪，颜色到了陈老莲的手里便妙，便格外地好看，格外地被提示。古铜器上的一点点石绿，美人衣领上那一点点曙红，王羲之手里团扇上的那一点点孔雀蓝和他身后小奴手上鹅笼里鹅头上的那一点点红，简直是好看得不得了。我实在是佩服陈老莲。

将陈老莲的人物与任伯年笔下的人物相比，你便会明白什么是典丽。任伯年的笔墨太张扬，尤其是衣纹，密而多，是汉代大赋铺排的写法，我不大喜欢。

常与陈绶祥先生论画，说到陈老莲，陈先生说陈老莲是文人中的画匠，画匠中的文人也。便不得要领，至今依然不得要领。但说来也怪，每次看到陈老莲的人物便会从心里觉着惊喜。倒不在匠不匠文不文之间。陈老莲画中的人物，个个闲散自得，更让人喜欢的是陈老莲画中的梅花、石几、古琴、茶炉、茗碗、佛手、竹枝、老菊，一样一样都好，这些东西现实中样样都有，但样样都没他画中的好！直想让人一下子跳到陈老莲的画里好好儿待上几年。陈老莲的画好，诗却平平。

> 久坐梧桐中，
>
> 久坐芰荷侧。
>
> 小童来问吾，
>
> 为何长默默？

我好像读懂了这一首，却又说不出什么。生活的真实状态往往就是这样，你正在做着什么，而且是不停地做，但往往是你自己也不知道自己在做什么。仔细想想，有时候倒会被自己吓一跳：怎么在做这样的事？你问自己。

陈老莲笔下的人物个个都古拙可爱，就人物画而言，能与他一比的是傅抱石笔下的人物，也个个比较古拙，但傅先生笔下的人物于古拙之上还又多了一些愁苦，为什么愁苦？不得而知，但我想也没人希望傅先生画哈哈大笑的古装人物。

乡村画匠

在武汉，住在梅岭，整天看装修工在那里整修毛泽东住过的房子，我最喜欢看的还是涂油漆和粉刷这道工序，暗沉沉的屋子只要一经粉刷便即刻爽亮了起来，往木头上施油漆也是这样，小时候我喜欢的一件事便是看大人在那里粉刷屋子，那种刷房的涂料叫"大白"或是叫"白土"，味道可真好闻，我至今喜欢闻那种土的味道，谁家刷房我都会小站一下，专为闻那味道，是清新，清新之中又有些喜庆的意思，居然是喜庆！因为粉刷房子总是年根儿的事，或者就是谁家要办喜事了，这样一来，连那大白的味道也有了几分喜庆。小时候，因为喜欢这种刷房的味道便让大人以为是我肚子里有了蛔虫，狠吃了一阵子那种尖尖的淡黄色的宝塔糖，那糖竟不难吃。有时候我还会把这宝塔糖拿出来与小朋友分享，你一粒我一粒，大家不亦乐乎。

装修房子是件让人高兴的事，先是乱，然后才一点一点完美起来，最后的工序是油漆，油漆过了，再把房子粉刷一下，一切就都结束了，所以我想起画匠来了。现在这种画匠已经很少看到了，他们是那路走乡串镇的人，话总是不太多，有些清高，背着一个木箱，木箱不大，打开箱子里边是颜料，所谓的颜料就是各种颜色的油漆，里边还有画笔，还有兑颜色的小碗，这样的画匠简直可以说他是农村知识分子，你真可以把他们这样归一下类，他们不用种地，他们一年四季到处走动，他们好吃好喝，他们还可以把一些新鲜的事情带到四面八方，他们所到之处，就有人马上会把他们迎进家里，和他们商量墙围子怎么画，灶台怎么画。炕上铺的那块大油布尤其重要，这大油布的四角都要有图案，中间的图案尤为重要，图案是传统的，都有着美好的寓意，比如喜鹊登梅，比如福禄喜寿，福是蝙蝠，禄是梅花鹿，喜是喜鹊，寿是一个奇大无比的桃子。再下来，是要接着谈一共要用多少油漆，这油漆又该是多少种颜色。这种商讨都是在喜庆的气氛里进行，因为画墙围子和画油布都是在新房子里进行，一切都是兴头的，一切都是蒸蒸日上的意思。然后是买油漆，先是黑油漆，画墙围子的四边和画油布的四边离不开黑油漆，接着是黄油漆、红油漆、绿油漆、蓝油漆、白油漆，油漆的颜色好像也就这么几种，而那各种各样更多的颜色却是要靠画匠自己去调，比如粉色的大朵大朵的西番莲，就是要用白油漆去调红油漆，比如有些人家要在油布子上画兔子和西瓜，瓜是要切开的，要红红的瓤子，但还不能一味地红，让颜色死成一片，这又要看画匠的本事，要能调出民间认为最好看的"西瓜水"的颜色。还要和主家商量，墙围子都要画什么花？或者就是苏杭的山水楼台？在北方，天堂般的好地方好像专指苏州和杭州。一个酒令，我一次次地于酒席上划过，开头的帽子就是：一根扁担软溜溜，我挑上黄米下苏州！苏州爱我的好黄米，我爱苏州的大闺女！苏杭可真是人们心目中的好地方！一般是，墙围子要是画了山水楼台，那么，炕上铺的油布就一定是花和水果，那年月轻易吃不到的东西几乎都要画在油布上，菠萝啊，香蕉啊，甚至花生和大枣！或者是苹果和鸭梨！更多的是花，梅花、菊花、荷花，西番莲，荷花是大朵大朵的，一定是在中央，但更多的人家是喜欢牡丹，那牡丹也一定是画在油布的中央，大朵大朵的红牡丹与黄牡丹，无论外边是什么样，一进屋，这满炕的色彩缤纷和种种的花卉水果会一下子让人觉着日子是火腾腾的。这样的油布,是满炕铺的,那就是,满炕的鲜花和水果,满炕的色彩!躺在这样的炕上,四周的墙围子上又都是山水和楼台。日子再拮据,粮食再不够吃,心里也有了一份儿丰盈,不是物质的,而是精神的。所以那走乡串镇的画匠竟也像是乡村的知识分子,他们那一双手,是色彩斑斓,也没法子不斑斓,指甲缝里,甚至是手指的皮肤里也都是色彩。他们的心里有各种的颜色与花样,其实也只是一个大样。看他们画画儿像看变魔术,一支笔,把红颜色和白颜色调了,从红到粉,从粉到白,是一个过渡。再用一支笔,先蘸些白,再蘸些粉,再蘸些红,三种颜色就在一支笔上了,然后一笔一笔地画将起来,是西番莲,西番莲的花瓣可不就是这样,是一笔就成,不需要描的,是乡间的笔法,是熟练的好看,一笔,是花瓣儿,再一笔,又是花瓣儿,一笔一笔地下来,一朵西番莲便开放在了那里,都是肉乎乎的,饱满得像大个儿的馒头,绿叶子都一律着了鲜亮的黄边,那是分外多的一份阳光!一切都是乡间的好看和富足。这在过去,是不觉得有什么特殊的好看,现在想起来,那种生活的形式才格外显示出了它的美,连着那些现在已经看不到的画匠,他们总是蹲在炕上,一点一点地在墙围子上描画,是物质而更是精神的,所以让人感动。许多事物,只是当它们过去或消失的时候才会显示出它们的美来。这样的画匠,亦有他们的画稿,却藏着,轻易不肯示人,即使是徒弟。但现在谁还再来学习这样的画法和那样的走乡串镇?这样一想,让人觉着美的时日竟是这样哗哗哗哗流水样地流走!一点点都不肯为人流连!

在乡下,现在也很少再看到这样的画匠,背着一个小木箱,四处游走,把想象中的各种水果和花卉,把想象中的各种山水和楼台固定在乡间的生活里……

说八大山人

　　二月书坊约我说一下八大山人的山水，我忽然觉得特别地不敢说，有一个时期，八大山人在我心里简直就是神。早在六七年前，粥庵几番提及要去青云谱看八大山人，我心里就一阵阵激动。八大山人身世先就传奇十分，先出家当和尚，后再转入道观为清粥道士，一般的解释是和尚不可以有妻室，自然就不会有子嗣，都说八大山人是为了如此这般。但我宁肯相信他是放不下性，看八大山人笔下那只发了情的小鸟，奋着翅，仰着首，翘着尾，热烈地叫着，真是状物传神至极！让你宁愿相信他真是放不下性才又由和尚转业为道士。八大山人的画面虽清冷，但他的花鸟小品却有热闹的一面，他笔下的一尾小鱼、一只小鸟或一只小猫，特别能表现人的那种欲望，大幅一点的山水花鸟倒让人看不到这种消息所在。所以，我一直有一个愿望，那就是想看到有他的小品专集出版，八大山人的小品特别妙，特别简，特别无物，而又特别有意思。二〇〇五年我去九江，哈，还没到九江地面，人就先激动起来，像是要去见唐代的念奴，像是要去拜问天的屈子！是去圆一个长久未果的想念！那天中午和朋友相携上酒楼，酒楼上开阔清净，我选座头正对茫茫大江，我请酒家把座头对面的楼窗楼门全部打开，霎时雨气扑面，酒也浓烈可人，大江白茫茫催人豪饮，想想马上要去的青云谱，那酒便更加川流不息！便果然是醉掉！

去青云谱，由于刚落过雨，到处是湿漉漉的，青云谱里更是四壁皆湿，是"一壁湿气明青苔"，进了青云谱，人虽已醉，心却没醉，拜过三拜，便挺身去看画，却大大地失望，是，没一幅真迹！是，印刷品都上不了品！便在心里懊恼起来，便不再看，索性真就不看，只坐在院子的竹丛下想八大山人，想想他当年在这个地方怎么走动？怎么见客？怎么养猫教犬，种花莳竹，我很注意周边是否有水塘，当年是否有亭亭的荷花可看，当然是八大山人的看！八大山人的荷花前无古人后无来者，张大千学八大山人荷花所画镜心小幅，亦步亦趋却不得八大山人之要妙！八大山人的一枝一叶，用现在的话说是稳准狠——却好！看八大山人画，我常说要看其与众不同的"漫画气"，有人说怎么会是漫画？我说怎么就不能是漫画！八大山人最动人处就是其伟大的漫画气！

八大山人的山水，与石涛对看，便更可看出其冷寂。石涛是热闹，是世俗中的事物情绪一样样都在里边。而八大山人的山水却是冷寂嗒然，再加上减去了许多细节，就更加冷寂嗒然。八大山人的山水是梦境般的，松松脱脱在那里，从不安顿人的，没有人物在里边，是僧也没有，道也没有，凡人也没有，砍柴的樵夫也不知去了哪里！空寂的山川，梦境般的画面，左右远近的几株树亦是不衫不履。八大山人画松，叶子特别扎人，是斩钉截铁！八大山人山水，瘦硬冷寂！学董（董其昌）却看不到董的散淡清和。

台湾有学者研究八大山人，说八大山人的曾用名之一"驴"，是在说自己的生殖器特别地伟大不凡，研究八大山人到如此地步真让人无话可说，这样的学者，也只好命他去澡堂给人搓澡，以开阔他的识见！八大山人的一切，包括他的书画和用名，当然一律都怪怪的，但他的怪是有根有芽，别人跟上也怪来怪去便是东施一效！

八大山人一生，心里边也许不曾有过一丝散淡清和！

心有一百个徘徊

在徐渭故居，我心里简直有一百个徘徊！

故居里照例是潮湿，照例是人去楼空的落落如失的感觉，当然也只能有这种人去楼空的感觉，斯人已去至今已整整四百一十五年。虽四百多年一晃而过，但徐渭故居还是让人能感到当年主人的雅致情怀。一进院门高高的白墙下是几株芭蕉，芭蕉下是盘盘的叠石，叠石上是蒙蒙然、茸茸然的花花草草，高高的墙上有徐渭手书再镌刻在那里的"自在岩"三个字，当年主人究竟怎样"自在"，让人不得而知，而真正的情况是主人并不自在，是一辈子的不自在，不自在才找自在，古人说"境由心造"，文人的自寻烦恼与自我解脱也就在这里，但更可以看作是一种表白。四百多年过去，而这小小院落还是仿佛能让人感到当年主人的行止来去，尤其是那临窗的小小方池，石栏杆一折再折，围定了那一池水，那小小的方池是一半在室外，一半在室内。走出屋子，小池北向是一墙老藤。我在窗前试着坐一坐，分明感觉到那池水的凉气，我想要是在夏天，这里蚊子一定多，写诗作画均不宜，再想想，在这里读书写字作画也真是颇富情趣。徐渭的故居不能说大，亦不能说小，外间为书房，不小，里间为卧室，亦不能说小，想必当年院子里还有别的房间，比如说厨房，这是必需。但四百多年来，多少的风霜雨雪，我宁肯相信这故居里的东西都是原物，但实际上又怎么可能，但总的格局我想还是不会大变。徐渭为什么号"天池生"，此名号是不是出自那窗下小小方池？池虽小，但如种几株白荷，花开时节想必好看得很。从南向门出，往北向转过来，在外边看看那小小方池，池的一半又在屋里，走过小池再往北去就是那一墙的老藤。"青藤书屋"可能就是由此而来。坐在青藤之下读书也不错，风动一壁狂藤，相对那一池静水，这真是诗人的所在，画家的所在，作家的所在。徐渭的杂剧《四声猿》我读过不止一次，每次都觉得剧本的名字先就让人心内戚戚，猿失幼子而连叫四声肠即寸断！都不得叫到第五声！《四声猿》在中国文学史上有独特的地位，一幕一本，几如短篇小说，为当时之所无！可以让人从另一个方面了解徐渭。徐渭一辈子命运多舛，想到这些，真不能不让人心内戚戚。徐渭在我所居住的老平城以东张家口——当时的宣大府住过一些时日，在那里做幕僚，我一直想去访一访，但后来没了此心愿，多少年过去，风云百般舒卷，还会有什么留下？我问胡学文，他说不知道还有没有故迹可寻，但这念头却一直存在我的心里。

徐渭的故居里张挂着满墙的书画，却没有一幅是原作，都是复制品，而且都是比较低级的复制品，想看一幅像样的都没有。在这小小的青藤书屋里走来走去，又在院子里走去走来，真是让人没有一点点头绪，要说有，也只能让人做一次次心底的徘徊。因为这是徐渭故居，如果有时间，就这样徘徊下去我想也是顶顶美好的！

临离开徐渭故居，买了四个小石头镇纸，上边有徐渭手书"一尘不到"四个字，送合松一，送云雷一，送国祥一。

临出门去，又忍不住回头看一下那"自在岩"，四百多年已经过去，不妨再想象一下徐渭正坐在那里读书。

案头

　　我的书房，现在是没有斋名的。前不久翻阅清代扬州八怪之一的汪巢林的诗集，很喜欢他的"清爱梅花苦爱茶"。这句诗真是很好，便想用来做斋名，但太长，如取其中两字，起一个"清苦斋"，又显得太骄矜。我毕竟不清苦，起码比一般人还过得去，还喝得起八九百元一斤的六安瓜片。我很喜欢周作人先生给自己取的斋名"苦雨庵"，后改为"苦茶庵"，左右不离一个"苦"字。如果自己也真把书房叫作苦什么庵，恐怕写出文章也要枯淡无味了，更何况我也没有"前世出家今在家，不把袍子换裟裟。街头终日听谈鬼，窗下通年学画蛇"的情怀。

　　再说我的书案，我的书案很像银行堆满账簿的台面，三面都是书，左边一摞是工具书，我常用的有：《古汉语辞典》《辞海》《语言与语言学辞典》《说文解字》《中国地图》《大辞典》《日汉小辞典》。靠着这一摞的是大本重可达四斤的《乾隆抄本百廿回红楼梦稿》《脂砚斋甲戌抄阅再评石头记》《鲁迅手稿》《孙中山先生手稿》。旁边的那几摞就常常变换了。比如现在的有：《牡丹亭》《养吉斋丛录》《新校九卷本阳春白雪》《金圣叹批本西厢记》《四声猿》《绝妙好辞笺》《古代房事养生术》《袁中郎尺牍》《坛经》《诗经》《易经》《孙犁论文集》《丰子恺漫画集》《博尔赫斯小说选》《冬心先生集》《六朝文笺注》《弗洛伊德主义与文学思想》《肯特版画选集》《林风眠画册》《京华烟云》《燕子笺》。这些书像好朋友一样团团围坐在我写字台的三面，终日与我频频交谈，令我想入非非。桌子左边还铺着一小块织得很粗放的小麻毯。这份格局比较特殊，毯子由绿、粉、黄、灰、紫五色的麻织成，写东西的时候正好衬着左胳膊，一边写一边喝茶时，茶杯也顺便搁在这块小毯上，既不滑动，洒了又不至于惊慌。小毯上有一拳大的玻璃球，球里一朵永开不败的粉色玻璃花。还有一青花笔筒，上边是山水亭林，为杨春华所赠，是她的画瓷作品。一汉代漆木瑞兽，其状如蟾蜍，却有角有翼。一对北魏蓝玻璃小鸟，玻璃里布满内裂，迎光视之，漂亮非凡，应该是当年从两河流域那边过来的存世孤品。还有两只大骰子，每一只都有婴儿拳头大，写累了的时候，掷一掷骰子玩，可以让自己休息一下。比如说，我的长篇《蝴蝶》，一共写了七章，就是掷骰子的结果：掷三下，最大一次是七点，就写了七章。桌子右边是台灯，粗麻的灯罩，灯下边是亮晶晶的小铜闹钟，提示我该去睡或该去做什么。旁边又是一方北魏四足石砚、四边各一壶门，砚面四角又各一朵莲花，砚池圆形，围着砚池周边又是一圈绹纹，古砚的旁边是开片瓷水盂、放大镜。还有放闲章的盒子，里边有几十方闲章，其中两方闲章我自己最喜爱，一方的印文是"友风子雨"，一方是"境从心来"。桌上还有镇纸，一块是糯米浆石的，上边镌"笔落惊风雨"五字。一块是红木镶螺钿的，三棱形，三面都镶的是琴棋书画。我很喜欢这个镇纸，画小画用它压压纸，我喜欢用很粗糙的毛边纸写写画画，这种纸留得住笔，画山水梅花笔笔都枯涩苍茫！

我的案头，删繁就简到现在还有两大盆花，一盆是龟背竹，在书桌的左边，大叶子朝我伸过来，夜晚就显得很有情。当人们都睡了的时候，你就会觉得它是你的朋友。热闹时会失去许多朋友。冷清时会记起许多朋友，我的身后，另一盆几乎可以说是树，比我都高！叶子有蒲扇大，开起花来可真香，有人说它叫玉簪。我看不大像。这两盆花总伴着我到深夜。我常常于深夜想到的一个问题是，花用不用睡觉？这个问题恐怕无人能解答。

我的书房里还有什么呢？铜炮弹壳，一尺半高，里边插着一大把胡麻籽，让我想起那个小村子和那个部队。搬家后，我把许多东西送人，但永远不会送人的是那两件青花瓷。一件是花熏，像小缸，上边有盖，盖上有金钱孔，遍体青翠。当年是熏小件衣饰的，如手帕，如香包，如荷包。熏不熏袜子我不得而知，但我想象我的祖母用它来熏淡淡发黄的白纱帕，帕上绣着一只黄蝴蝶和一朵玉兰花。还有那青花罐，圆圆的，打开，盖子像只高足小碗，下半截就更像是碗。我很想用它来做茶碗，但舍不得。这两件青花瓷，一件上遍体画着缠枝牡丹，一件遍体画着凤凰和牡丹，都是手画。除了两件青花瓷，还有几把紫砂壶，还有一盒老墨，老墨是一位小时候的朋友送的，他去英国伦敦定居已有十一年。那盒墨真香，打开，过一会儿，家里便幽凉地弥漫了那味儿。盒子是古锦缎的，里边是白缎。这盒墨我一直舍不得用，都裂了。十锭墨没有一锭拿得起来，再过数十年或数百年，它一定是书画家们的宠物。盒里白缎上写着我的一首诗，诗曰：

相见时难别亦难

常思相伴夜将阑

联衾抵足成旧梦

细雨潇潇送离帆

写这篇小文时外边正下着雨，是入秋以来第一场大雨，原想打开窗子让屋子里进进雨气，想不到那雨却一下子飘到案头来，用手摸摸，案头分明已湿了一片。

双龙斋主印象

　　学伟的斋堂号是"双龙斋"，是他的夫人和他还是和他们的孩子，记不清了，反正是有两个人是属龙的，所以堂号"双龙"。李学伟和人说话的时候总是笑笑的，是一笑一颦，在别人，是没有颦，而在他，却是有，是颦。美妇人才会颦，但学伟却亦是颦，笑得很妖媚。男人笑得妖媚。在中国，还有一个人就是著名小说家杨争光，一个大男人，满脸黑胡子，看上去很粗放，喝过一些酒，一笑，却让人觉得十分的可爱，是妖媚。妖媚原是可以放到男人的身上吗？如不信，你可以在中国看看这二位。学伟的家收拾得很是让人舒服，琳琳琅琅让人先看到一些大大小小的瓷器，都是青花，青花之好，在于它的亮丽，是真正的亮丽，你把青花和五彩放在一起，你远远看，五彩就怎么也亮丽不过青花。墨色亦是如此，一幅画上最亮的是什么？最亮的往往就是最最浓黑的地方，黑才亮，黑才漂亮！学伟的画室更像是书房，地上的书堆至不可再堆，这话原是可以这样笨笨地说吗？可以，是写实，学伟的画室里到处是书，画案亦大，却还不够大，因为学伟的山水很少有斗方小品，取势都极大，山是一重重的，是立轴，立轴的麻烦在于一重重的山要一重重地

"叠"上去，或者是，横幅，亦是一重重地左右连环着展开，这是要看一个人的功底和感觉的。李学伟是国内画界少有的全面手，书画印拿起哪样都不让他人。不让人的地方更在于，他的山水，是一笔一笔在那里，一笔不苟！结结实实，看得见砖，看得见砖缝，而不是拖泥带水一墙泥让人不明就里。这就让你感觉到他的功夫原是货真价实，可以用货真价实来说画吗？在学伟这里原是可以这样说的，这亦是一种"硬"，我们看一幅画，在心里，马上便会明白，这是硬货，这是水货，这是什么？是稀软漂浮！往往是，我们现在面对一幅画在心里还会说："这是什么？妈的，这是画吗？什么也不是！"有时候我们会在心里感动，因为看画而感动，我们会在心里说："笔墨怎么会这么好？感觉怎么会这么好！"看学伟的画我心里亦有感动，那便是，一个人，居然可以，坐在京华地面，一笔一笔，一笔一笔地写山写水。过去有人说京华十丈红尘，现在的京华是百丈红尘！学伟就在这百丈红尘之中镇定地写笔笔山水。画家的好处全在于，山山水水全在他的胸中笔下，是造物主的那么个意思，这里一山，那里一水，东边一桥，西边一树，是毛泽东说过的"指点江山……挥斥方遒"。学伟的山水气象极大，不是一丘一壑，不是三笔两笔，是群山奔驰俱到笔下。或者是要人仰首以观的意思，如他的《山水四屏》让你从下往上，从上往下看良久方可。好的山水，是可居可游，看学伟的山水便如此，从山下看起，好容易找到了一条道，上去是两株树，树旁有一巨石，可以让人歇脚，再上去，是树，是石，是亭，里边果然坐了一个小小的人儿，这人在看对面的山，再上去是水，从上而下潺潺的水，是桥，再上去，再上去，一点一点地看，一点一点地看到许多东西，这就是丰富，回头再看，还会看出另一些东西，这就是一幅画的魅力所在，笔墨的魅力所在。一幅照片，你会这么看吗？它会让你值得这么看吗？但你会在学伟的画里挑选一条道路，从下边走起，慢慢到达画里边的最高处。但这想法是要在看着他的画同时完成，一边看，一边还要想怎么走。什么是丰富？这就是丰富。学伟的画看一遍不行，再看一遍，再看一遍，要把你看得很累，好画就是这样，经看。看一个人的作品，有时候就会让人喜欢上作者，画也是这样，我想许多喜欢学伟的人便是，起码是有一部分人吧，是由看他的画喜欢上他。当然他喝酒也十分可爱，什么是爽快，看看学伟喝酒，你便会知道，那亦是大气势，不是一点点地呷，不是左劝右劝，像劝人入伙那样苦口婆心。学伟是极性情的人，桌上的人对了，话又对了，他自己便开始川流不息，川流不息的不是水，而是酒！此刻奔腾的不是水而是酒，当然还有情感。这亦是一种气势，一如他的画，学伟的山水是要以气势论，以境界的高远论，而不是以韵论。我们吃菜，一种菜是香，一种菜是鲜，香是铺天盖地，比如，一大锅红烧肉，而鲜却来得要小，是一种小滋小味，比如小鱼小虾。看山水而论势，是学伟山水的一大特点。学伟的山水不是小鱼小虾，是大势。所以我喜欢躺在那里看学伟的画册，一会儿便觉得自己已经是一个小小的人儿，在他的山水里走着，走到了那个亭子，走过了那棵树。我画山水，亦想让人这样看，这样做，让人在我的画里走走歇歇。这在说什么？一是说，学伟的画有大气势；二是说，亦有精妙的细节，可游可居原来说的便是这个山水细节，你可以走进去。画中的山水让人上来下去，这儿歇一下，那儿歇一下，这需要的是细节，无此细节，山水不可游也。时下许多人的山水，只可让神仙们在里边玩玩，但神仙们想必亦是摸不着头脑。画虽是画，也要人可上可下，这才是真正的山水。学伟的山水取大势而有细节，可游可居，读之让人顿忘身在市廛，如他的《帆过浪无痕》《芳草白云留我住》《楼阁玲珑五云起》《山水手卷》，还有二〇〇二年学伟众多的《无题山水》之作，都是应该让人置之左右时时展而观之的好画。这里不说"赏玩"，亦不说"作品"，画便是好画，只可观之，岂可赏玩。这亦是我对学伟的敬意在里边。学伟的落款依我看不宜用草与篆，字亦不宜大，落款小小方更显山水气势。落款与山水要一唱一和浑然一体，落款与画的关系，只二字：合适。

玻璃乐器

有一种玩具，只有过年的时候才会有人拿出来卖，是玻璃吹制的喇叭，说是喇叭，却封着口，放在嘴里轻轻一吹，"叭叭叭叭——叭！"脆亮好听，但好景绝不会长，吹着吹着——"叭"碎了！

现在已经看不到这种玩具，好像是也没人再做，会这种手艺的人大同不知道还有没有？如失传，也真可惜。大同人把这种玻璃玩具叫作"琉璃圪棒"。古人把彩色玻璃叫作琉璃，把透明的玻璃叫作玻璃，成语"光怪陆离"，其中的"陆离"二字就是指琉璃，"光怪陆离"的意思就是五光十色漂亮异常。大诗人屈原的冠上就镶有"陆离"，他在他的代表作《离骚》中还专门写到。"陆离"在当时远远要比金银珠宝贵重，为其难得也。玻璃从域外传来，汉代在中国本土已有生产，北魏时期的琉璃制品远远要珍贵于金银器，但大多都从两河流域进口过来。常见北魏墓出土琉璃残片，真是薄，真是漂亮，在日光下看之，闪烁一如珠母，真是华美异常无可比方！大同把玻璃喇叭称作"琉璃圪棒"，可见其历史该有多么古远！

玻璃喇叭——玻璃玩具，好像更应该叫作玻璃乐器，在吹制上好像难度相当大，要把玻璃吹到极薄极薄才行，要是不薄，岂能吹之有声，可见不是一般人所能来得了，我在上海看朋友做琉璃器，我忽然想请他们吹一个玻璃喇叭，我把形状、大小、薄厚告诉他们，并在纸上画出来，他们试做一二，但怎么吹也吹不响。他们说，玻璃能吹响吗？这是你的一种设想吧？我对他们说，这是一种大同民间的玻璃乐器，寿命绝不会长，吹久必碎，但声音绝对无可比拟，你想想，玻璃在吹动的时候发出的声音，那是一种多么美妙而独特的响声！我在那里说，他们好像还是不相信，玻璃能做乐器吗？玻璃能发出声响吗？再吹几个试试，均不成功。我忽然更觉得我从小就玩的玻璃乐器是否在大同地区已经失传，要是失传，简直是令人痛心疾首。我去北京，又去北京朋友那边的玻璃小作坊，我告诉他们"玻璃喇叭"的颜色是紫红色或淡茶色的，这一回，他们马上明白了玻璃的配方，这次虽然可以吹得薄一些，但还是无法吹响。虽吹制不成功，但我的朋友的兴趣却高涨起来，他说，吹大大小小几十个玻璃喇叭，找三四十个人在台上吹奏岂不好看，玻璃闪闪烁烁，声音清清脆脆高高低低，舞台必须在全黑的底子上有那么一束光打下来照在那些玻璃喇叭上，那一定是一场极为奇特的演奏会！无可比拟的音乐会！我说这个音乐会是应该在我们大同开，虽然别处也有这种"玻璃喇叭"，但我以为大同的最好！

在中国，经过了旧石器时期、新石器时期、青铜时代，但跳过了铁器时代，也没有玻璃时代，而是直接进入了瓷器时代。玻璃在中国的发展史我一直不清楚，好像至今也没有这样一本书能把这个脉络理得清清楚楚。那天我翻看一本《波斯工艺美术史》真是吓了一跳，上边写着"以玻璃做吹器也"！以玻璃做吹器还能做什么？那不是玻璃喇叭又会是什么？北魏一朝受两河流域的影响最大，我设想，那大同民间的"琉璃圪棒"也许一直是从北魏吹到今天！

吹琉璃喇叭要有耐心，我从小到大笨拙且粗心，买两三个玻璃喇叭，吹一个，"叭叭"——碎了，再吹一个，"叭叭、叭叭"——又碎了，剩下一个不敢吹了，把它小心翼翼放在一个盒子里，下边还垫一块儿布，总记着，我把一个紫颜色的，漂亮的，薄得不能再薄的玻璃喇叭放在了什么地方，一过就是三十年，我不知道那个玻璃喇叭现在在什么地方？

笔墨的音乐

　　说到艺术，原是相通的，只是手段不同，绘画是用线条和色彩，而文学是用一个一个的方块汉字。但两者之间精神是相通的。所以，看文亮的画就总是让我想到汉代的大赋，汉赋的文字极是铺排，文亮的笔墨呢，气势铺排而开张，相比较，有些画家的画一如小令，三句两句，意境虽妙在那里，但论气象却无从说起。看文亮的山水，其气象就让人觉得他特别富有，一是文亮舍得用笔用墨，笔下的东西便多，在纷乱的笔势之中要你细细看才能看出猛地看不出的东西。文亮喜作山水花鸟，山水可以铺排笔墨，纵纵横横的笔墨铺排让人觉得那纸上只是纷乱的笔墨，墨上加墨，层层地加上去，而离远了看，山是山，水是水。读文亮的山水真是让人无可奈何，笔墨是太富有，随心所欲而不逾矩，迫近了看是什么也没有，离远了看是什么都有。看文亮的山水，总觉得画家是特别喜欢黄昏时分，或者是早晨，阳光不是那么烈烈地照着，山川都被包裹在雾里，一切都饱含了水汽，是湿漉漉的，是雾蒙蒙的，大量的水分在画里氤氲着，那纸上的水虽然早已干掉，但纸与笔和墨合谋在纸上天长地久地保留了那美妙的永远干不掉的效果。说文亮的画一如汉代大赋，是他的画特别开张，不是一个开合或两三个开合，是满满地铺排在纸上，是说不尽的意思，说不尽的山川，说不尽的笔墨。文亮的笔墨是一眼看不到底，是要你细细地读，读文亮的画非得细细看了一遍再看一遍，看了一遍再看一遍。看一遍是绝对不行的，这又好像是一种地理踏勘，让人想在他的画里找出一条路，是穿过那密密的林子，绕过那累累巨石走近那山间小屋。文亮的纸上山川往往怪石凸起，一切的传统山水笔法在他的画里都被他打散，而传统又妙在其中，这可以看出文亮的笔下功夫与他的努力，与他对中国绘画传统精髓的领略，是和而不和，同而不同。有线条又可以说无线条，左一笔右一笔随意点染，这里，那里，不知是什么，又像是什么。正如一篇大赋，只看片段，无法让人知道作者在那里说些什么，把文亮的画作张于壁上，才能让人感到山川形势烟岚云气。

我认为，画家是幸福的，当画家站在画案前，一支笔，一张纸，便可指点江山，挥洒笔墨，或调遣风云，或栽松种竹，而且，他们能够赋予纸上的山川以种种态度，有的山是刚刚醒来，尚睡眼惺忪，有的山是刚刚浴过，千山万壑都湿气重重的，并且有寒气。文亮的山水最大的特点是敢用笔墨而善用笔墨，惜墨如金是减法，而文亮的笔墨是加法，加法让你一眼看不透，黑中有黑，笔中有笔，山川形势原本如此，山川之美也正在这里，移自然之山川于胸中，那山川便又多了一些画家的诗性在里边，乱而不乱笔墨重重，让人能久久地看，便是文亮山水画的深厚处也是他山水的好处所在。说文亮的山水画有诗性在里边，倒不如说有音乐性在里边更加贴切，看他的画，总像是听到了一种声音，"哗哗哗哗"的声音，文亮的画不是宁静的，是喧哗的，不是快板慢板的人间音乐，而是一种天籁，是一种笔墨的音乐。文亮的花卉更是如此，笔墨和色彩还有线条更是不安宁，"哗啦哗啦"地响着，好像有风在吹动着这些花花草草，是更加地铺排，色彩和墨线加在一起铺排！是更加地如汉赋，别人的花卉是静，而文亮的花卉却是动，是笔与墨与色彩的交响。

文亮以山水的笔法画花卉，即此，可见文亮的努力与他笔下的不同凡响处。用拙涩苍劲的线条表现花卉的婀娜茂盛，此种写意，是强烈而突出，亦是画家文亮在画坛上的一种呐喊，与众不同的呐喊。

别人看画是看画，我看文亮的画却是在倾听一种音乐。

谁知道周瘦鹃的心情

我十四五岁的时候读周瘦鹃的《盆栽趣味》，还不知道周瘦鹃是个什么样的人，只是那本书上的黑白图片让我着迷，怎么他培植的梅树可以长得那么入画，那么古典，那么耐看。那时我学金农梅花，圈圈点点间只觉金农的梅花真是没有周瘦鹃盆里的老梅好看。周瘦鹃那瘦瘦的一盆宋梅，斜斜的枝子，上边只开出几朵让人爱怜而惆怅的白色花朵，那时候，我就已经明白了什么是梅花的美，疏落、寂静、自开自落，就那么很少的几朵，花要少，才能更见其精神，更能让你领略花的美，如果动辄一开千万朵，那是在开大会或者是大合唱，我至今不能喜欢关山月先生的大红梅道理就在这里，远望像是着了火，热闹是热闹，却远离了梅花的品格。

周瘦鹃先生的后半生几乎都是和花花草草一起度过的，他那本不算薄的《拈花集》收录的全是花花草草方面的文章。周瘦鹃先生在"文革"时的遭遇说来让人落泪，据说给人推到了井里，他和他的老伴儿都被推到井里，就那么死了。一个喜爱花花草草的老人，一个喜欢美的老人，一个二十世纪三四十年代在中国十分有影响的作家死在了井里，想必那天井里的水很凉，周瘦鹃和他的老妻慢慢慢慢沉到水底，井外边的花是否在阳光下开得正好？

周瘦鹃是鸳鸯蝴蝶派的代表作家，他一生喜欢紫罗兰，并把自己的书斋取名为"紫罗兰斋"。作为作家，他是一位站在政治边缘的善良的作家，他不会冲锋陷阵，新中国一成立，问题就来了，这不是他个人的问题，而是摆在许多国统区作家面前的问题，他们不熟悉新的生活，他们的心情如何？他们面对新生活茫然而无从下笔，一个作家，最能安慰他们的心灵的便是拿起笔写作，一旦无法写作，其内心之苦楚也只有他们自己知道。张爱玲是一位努力想使自己和新中国协调起来的年轻作家，她当时也真是年轻，她穿着与众不同的怪异衣裳去参加了上海第一次文代会，她在会上是一个异类，她是那样的与时代格格不入，她是那样的特殊，她是不是忘了那应该是一个什么样的时代？她是不是以为时间会凝然不动，还像她以前穿着宽袖的清代服装走进印刷车间的时候，印刷车间的工人几乎都停下手来看着她，她在那一瞬间肯定得到了满足。她的心情如何？想合作，却偏偏写出了不伦不类的作品，最后她选择了离开祖国，直到她客死在美国的寓邸，她的心情又如何？真不知她在美国的最后岁月里是否还钟情于她的那些与大众格格不入的服装。新中国刚刚成立的时候，张爱玲年轻，她可以出走，一口气走出国门，可以想象她真是喘了一口气，也可以想象她夜夜都在做着故园的梦，那真是"碧海青天夜夜心"。

谁知道张爱玲的心情？谁又知道周瘦鹃的心情？

一个作家放下了他喜欢的笔，种起了花花草草。我们可以想象，周瘦鹃坐在他的古老的花梨木书桌前，戴着他的墨晶养目镜，伴着他的金鱼和花花草草，努力想和这个社会靠近，努力想写周立波的《暴风骤雨》那样的著作，但那只能是一种想象。我们也可以想象周瘦鹃在那里仔细地读毛泽东的《在延安文艺座谈会上的讲话》，读之后，他肯定感到了一种新鲜的冲动和无奈，冲动是暂时的，无奈却是长久的，一种说不出的无奈，因为他不熟悉工农兵的生活，这使他举笔维艰，新中国成立后的一段年月里，百花齐放也只是形式上的事，而不是精神上的一种动人的风景。

周瘦鹃在新中国成立后几乎停止了他的写作，如果说他还在写的话，收获就是那本不能算薄的《拈花集》。他用他那纤细白皙的手指，拈起这唯一的一朵花来朝他的老读者们微笑。释迦牟尼在一次说法的大会上，不说一个字，而只是拈起一朵花微笑着，只有他的弟子迦叶懂了他的用意。可是，谁懂周瘦鹃老先生的心意，他拈起花来，却无人去看他。连看的人都没有，更不用说谁懂，只有他自己才知道他自己的心情。

花是美丽的，种花人的心情却可以是深苦。

周先生的花圃里开放着许多许多花，但周先生的心里是否真正开放过一朵？

最完美的植物

我是北方人，十多岁前从没有见过竹子。

和竹子相识是从笛子开始的，小时候我吹破过几杆笛子，终于也没有什么成绩给吹出来，但知道了竹子是一样好东西。后来在宣传队还打过快板，两片竹片互相撞击会发出那么响亮的响声真是让人吃惊。再后来是听人拉京胡，那么流利的旋律从京胡里流动出来真是让人觉得不可思议。所以我认为竹子是好东西。再后来就是画竹子，别人画竹子是先画竹竿，后画叶子，我却是偏要先画叶子，然后再相机行事地补上竹竿。

真正见到竹子是在成都的杜甫草堂，我们一行人是白天到的草堂，行李甫解就先去吃饭，饭一吃过人也差不多醉了，天也就黑了。那天恰好是中秋，到了晚上月亮躲在云里死也不肯出来，我们一行人里偏有风雅之士，便想起这是杜甫草堂来了，便要去看草堂，那天我们恰恰都住在草堂里，往西去，好像是连门票都不要，一伙子人就都拥进了园子，竟找到了那草堂，并在草堂里点起了两支红蜡烛，一伙子人把那通草堂里的碑看了又看，知道了写碑的人是清代的果亲王。忽然，有什么"嘎嘎嘎嘎……"连着响了几声，那真是怕人，我们这些人便都忙从园子里拥了出来回了招待所。但谁也不知道那是什么在叫。到了第二天，真让人想笑，才知道昨夜是园子里的大竹在叫。那是我第一次看到竹子，杜甫草堂里的竹子可真是大，那么粗，那么高，风一吹，绿云涌动，竹竹相摩，嘎嘎作响。我捡了一片碧绿的竹叶子，北方人的我真是吓了一跳，想不到竹叶会那么大，放在手上，比巴掌还大出许多。

竹子是中国最完美的植物，一是直，二是有节，三是中空。没见过哪竿竹子会像杨柳那样长出七七八八的枝干，这不用多说。竹的好处是可以削成竹筒，或者截一截儿竹筒，在竹筒上打一个洞，可以做一个吊挂在墙上的"花瓶"，但在民间更多的是被用来放筷子而不是插花。这就因为竹子有节，没有节就不怎么好办。中国的文人向来喜欢在植物的身上寻找精神，孔子在松树上找出了"岁寒然后知松柏之后凋"，宋人在梅花的身上寻找出了"梅花香自苦寒来"。竹子来得复杂了一些，一是让人想到气节，因为它的有节，二是让人想到虚心，因为它的中空。所以把它给安排到了四君子的行列里去。但老百姓才不管什么君子不君子，那是文人们的事，老百姓眼里的竹子只是好用，一是做人人吃饭必用的筷子，二是做老人们的拐杖，三是做床，四是做挑物的担，五是做水桶……不能再一二三四地数了，竹的用处几乎是无穷的，从穿到吃，比如竹鞋，比如竹衫，比如雨帽，竹笋之好吃就更不用说。竹子可以说是最完美的植物，松树可以盖房子做家具，但就是不能用来大吃特吃，虽然松子是可以吃的，北京的松仁小肚就很好吃，但松树却不能被人们戴在头上穿在脚上。梅花除了看也几乎没有别的用，兰就更不用说。所以无论松竹梅，还是梅兰竹菊，竹都应该排在老大。之所以说竹是最完美的植物，因为人们的吃喝拉撒睡所要用到的东西乃至胡琴和笛它都能包圆儿，只此一点，把它排到第一，我想没人会有什么意见。

再说竹子

　　闲着没事翻书其实最养人，看书没有什么目标，若有一二心得便纯是随手拾得，是意外的收获。一个"闲"字原是要与"杂"字成双作对，说翻杂书是一种幸福，其条件是一要有闲，二要有兴趣，二者如能兼得，真是幸福无边。

　　春天的时候得到一幅明代文章大家唐顺之的字，有收有放的草书写在明代的黄绢之上，写的是李太白的《草书歌诀》中的数句。书尾落："写李太白赞怀素句，顺之。"下边是两方章，章都很小，一方是朱文"唐顺之印"，略大。一方是白文"荆川"，略小。两方印章都正方。虽然过了四百五十多年的时光，印色依然鲜红。只可惜绢面上略有虫蛀，倒显得更加古雅了起来。只是裱工揭裱的时候让最后一行的墨有微微的晕洇，竟让人生云烟之叹。唐顺之著有《荆川先生集》一部。但其最著名的文章是《答茅鹿门知县书》，而最让人耐看的文章倒是那篇《竹溪记》。小的时候这两篇文章真不知读了有多少遍。还有一篇王元之的《黄冈新建小竹楼记》，也不知读了多少遍，弄到最后，倒不知自己是喜欢竹子还是喜欢这两篇文章了。

　　竹子的好处，周作人写过文章，都细细谈到。那一株株长在知堂文章里的竹子想必是竿竿细瘦，说到竹，瘦才见风致，碗口粗的大竹怎么可以入画？三十年前的一幅《毛竹丰收》画的就是碗口粗的大毛竹，现在看来是少了一些传统笔墨的风韵，而多了一些时代的豪壮之气在里边。郑板桥的竹子根根细瘦，正是文人的风骨。竹子的好处真是太多，从小件的桌椅板凳到大件的桥梁竹楼它都可以出场。如说到吃，更是没有什么菜蔬可以替代竹笋。清炒竹笋不可加一点点酱油，要的就是那细净的白爽。夏天纳凉最好是湘妃竹榻，先用水泼过，再用湿毛巾揩净，躺在上边看书也真是惬意，这时候如果是老黄花梨和紫檀，就不大对路。写小楷，枕腕的竹搁最好是浅刻了山水的那种，时间既久，竹色深红如波斯老琥珀，那上边的山山水水都像是从历史中努力挣扎出来一样让人心疼。

　　竹子的好处太多，历代的文人骚客都努力想从细瘦的竹子里寻找出一些做人的道理来，"虚心"的教义正好用竹子来说明，而"有节"却来得更加直观。竹子给中国人做了多少年的德育教材还真不好说。中国人善于向自然中索取，不仅仅是实用，更重精神。中国人的生活中其实是充满了浪漫的诗性，梅花开在风雪里多多少少有些让人观赏不便，但中国人要的就是风雪中的梅花，撑一把红纸油伞，顶着风雪去赏梅，其实是自己已不觉走进了诗的意境。

　　我常常想，如果有可能，在什么地方盖那么两三间竹楼，在里边读读书倒是一件快事。最好是，竹楼的南窗可以看远山之岚气，竹楼之北窗可以细读后山上那细细的一道瀑布。最好还可以在竹楼里边弹琴，弹琴的时候，几上要有一炉好香，一瓶瘦梅，一盆幽兰。而深夜读书的时候外边最好是连天大雪，或者是大风雨，或者是可以闻到远远的虎啸，而最好又是古典文学中描写的那种"渐渐叫过那边山岗去了，远远的，又昂的一声"。但时代变了，山中的老虎几乎已经绝迹，世上的猫猫狗狗倒是格外多了起来。如真有一座竹子的小楼，风雪阴晴，四面的楼窗我想都不必上，窗外要有丛竹，要有几

树梅花，住在这样的竹楼里，倒不必再挂荣宝斋水印的板桥竹子四条屏和金

农圈圈点点的梅花。

　　竹子的好处太多，所以便常恨北方之少竹。北京虽有竹子，却都瘦瘦的，

又多长在旧宫苑里，是劲健不足而瘦弱有余，大抵和芦苇相去不远。

纸上的房间

　　很喜欢王时敏的一幅画，画面上重峦叠嶂，林木相当幽深，当然还有细细亮亮的泉水从山上一级一级很有耐心地跌落。林木之中有小屋数椽，有一眉清目秀书生模样的人正在里边捧着书读。那山，那水，那画中的幽气真是让人想在世间找这么一处好地方，也好让人能在那里听听泉，读读书，写写字，看看帖，寻寻涧边细如发丝的幽草，访访世上大如车轮的旷世奇花，这才是神仙过的日子，但世上没有这样的好地方，这样的地方也只有在画中才能找到，我想正因为如此，人们才会喜欢绘画，才会喜欢倪云林和龚贤。

　　文人们的书屋大多也都建筑在纸上，所以我们只能把这些房子叫作纸上的房间。文人们也只好在纸上建筑他们的房间，一是文人总是穷，二是文人总是有很多的想法而无法一砖一瓦地真正实现起来。一旦实现起来又总是多灾多难，一如丰子恺先生的缘缘堂，给先生善良的心灵带来多少打击和创伤。什么是文人？文人大多是耽于幻想的人，神经总好像多多少少有些"毛病"，但这种毛病在某种时候又是好事，能安慰文人们纤细而敏感的心灵，比如没有房子可住，他却可以给自己取一个"万亩园"的堂号。比如他住的只是一间小小矮矮的老平房，他却可以给自己取一个"听风摘月楼"，文人是什么样的人？文人是可以苦中取乐的人，如果他不可以苦中取乐，他又有那么多知识，那他的痛苦就一定要比别人来得更多。我的一个朋友，住着一套糟糕的楼房，楼上总是往他的家中漏水，小区又总是不给好好修，水就那么一年四季涓涓不止，后来他干脆给漏水的地方开了一个小小的水道，用塑料管子把水接到阳台上，阳台上就经常那么"飞流直下三千尺"，我的朋友居然安之若素，并给自己的书屋取名为"听泉书屋"。

文人活在自己的精神田园里，他的精神田园空前地漂亮而且是要什么有什么，梅花、竹子、兰草、太湖石样样都有，如果他别出奇想，连原子弹和轰炸机他都能拥有。还是那句话，什么最丰富？想象最丰富，只要饿不死，一个人就可以想象，就可以在想象中得到无边的乐趣。

还是说纸上的房间吧。

我的好友书法家殷宪的书房叫"持志斋"，因为他的北方口音，便让人听成了"吃纸斋"，什么才吃纸？我和他开玩笑说老鼠才吃纸，光吃纸行吗？还不饿坏，不如到"黍庵"讨些黍子吃为好。殷宪先生便又和我开玩笑，写一横批，上边写"黍庵"二大字，其左并有小字题跋，这题跋便是书生面目，竟有些学问的味道在里边，说什么"黍乃一种北方农作物，我们北方人吃黄糕离不开黍，黍一旦剥了皮子便叫'黄米'，黄米何物也，俚语便意之为妓"。调笑归调笑，文人的气节不能丢，穷虽穷，文人的面皮却要比千金都重。我的另一个诗人朋友力高才，其书屋取名为"耕烟堂"，这堂号取得让人心惊肉跳，不是在云里耕，在云里耕还能耕出些雨来，他是在烟里耕，烟熏火燎且不说，从烟里掉下来可怎么好？我说他的堂号是无理取闹，即使理解为一边大抽其烟一边笔耕不辍也不好。青年书法家李渊涛的书屋名字是"清吟书屋"，吟分清浊可见其志向果然不同凡响，但不知他在他的小小屋子里怎么清吟，或者他自己觉得太冷清，取这么个堂号，希望别人去和他管弦和之？我的朋友武怀义的画室叫"大真禅房"，怎么大？怎么真？怎么禅？也让人说不来，我给他的禅房送了一副对子，上联是"横涂竖抹俱入画"，下联是"吃饭穿衣亦为禅"。老百姓的禅是什么？便是穿衣吃饭。

中国的文人们习惯给自己的小小住所起堂号，那都是些建筑在纸上的房间，纸上的房间总是能给人更多的想象，而想象可以使一个人生活得更浪漫一些。这是文人们给自己落实住房政策的一种方法，倒不必考虑是否超了面积。如果考虑面积，我的朋友米来德的书屋的名字直要把一些人吓死，他的书屋的名字是"万山排闼入窗共乐居"。这让人想到了地震，想到山摇地动，但他喜欢山，你也没有办法。我们现在的住房能看到山吗？站在阳台之上，我想能看到的也只是下边灰灰的平房屋顶和左左右右遮得连太阳都晒不到的楼房，楼房是山吗？楼房不是山，如果左左右右的楼房是山倒好了，可以让你欣赏山的千姿百态，但楼房毕竟不是山，你无法在城市的地面上建筑你想要的房子，所以，你最好在纸上建筑你美丽的房子。

纸上的房子最美丽也最坚固。

读画说大小

今年夏天冒着很大的雨看了一回画展。

那天从三联书店一出来雨就骤然而至，正好走到美术馆的前边，便湿漉漉钻到美术馆的展厅里。因为是刚刚从画家胡石的家里出来，还见到了正在画鸭子的清瘦的周亚鸣，所以说这天真是与画有缘。外边下着大雨，展厅里人也少，正好细细看画，所以这一次看画看得居然十分认真。

人的兴趣总是时时在变，近几年，我忽然开始喜欢起人物画来。尤其是面对古典人物画，总想知道古时候的人穿些什么？吃些什么？用些什么？在那里做些什么？尤其是读了作家沈从文的那本《中国古代服饰研究》，才知道沈从文先生治学态度之严谨，有什么才说什么，就文物而说事情，有根有据，从不臆造。又比如王世襄老先生研究明清家具，也离不开古代的绘画。什么椅子？什么桌子？紫檀花梨，鸡翅铁力，"霸王枨"和"矮老"怎么用场都是根据画上画的再结合实物，搞得清清楚楚。早先看画真还不知道画会有这样大的好处。

中国古典的人物画存在一个问题，就是画面上的主要人物与次要人物往往大小悬殊。比如阎立本的《步辇图》，图中唐太宗的头部几乎要比抬辇的宫女的头大一倍还多。比如孙位的《高逸图》，卷中贴近主人正给主人殷勤献酒的奴仆的头部要比主人小几乎三分之一，其他主要人物与次要人物也均如此，大小根本不合透视比例。中国画的写意性与人物之间大小不合比例往往让外国学者目瞪口呆不得要领。传统笔墨竟然会如此：为了突出主要人物，其他人物一概都可以大大地缩小。就像上次外出，车在高速公路上行到一半，公路忽然被封闭起来，所有的车子只好都原地不动被堵在那里。原以为是在公路上出了什么问题，比如有了重大车祸，想不到却是有重要的人物路过，所以要封闭高速。当时心里还有些不平之气，现在想想也就想通了。为了突出主要人物，其他人完全可以一律缩小，在大人物面前，一切其他人物都应该像古典人物画上的次要人物一样缩小到最小程度一如芥子，或者完全不必存在。

因为躲雨，意外地看了一次画展，有了新的进步和认识。第一点，古时候的人物画往往不是画家在那里画着玩玩儿，而是认真的，受雇的，挣银子的，所以一定要把主要人物画大，让人家高兴。第二点，那些次要人物又算是什么东西？只是道具而已，所以尽可能地画小，越小越好的道理在于要让主要人物看了高兴，但绝不能小到没有，没有了就没了衬托。

看画展的时候外边雨下个不停，这正好让人思考许多问题。什么是大，什么是小，什么是比例，原不只是一个尺寸问题，也无关审美。就好像高速公路上那样多的车辆，会忽然一下子被忽视，被堵在那里不许动！在埃及的绘画里，小人物也小，小小的跪在那里衬托着那些伟大的人物。历史是什么？历史只是一条不断延伸的线，这条线太长，需要用时间来丈量它的长度。时间过去了几千年，什么是大？什么是小？到今日还真不好说。想一想那些被封闭在高速公路上绵延十几里的车辆，再想想古典画面上那些比主要人物要小许多的次要人物，心气竟然也能渐渐平和下来。

《腊梅山禽图》的细节

北方没有梅花，要看梅花只好到公园或去面对让龚自珍生气的梅桩盆景。盆景梅花毕竟是盆景，一个人面对一盆梅花，不知是人在那里孤芳自赏还是梅在孤芳自赏？反过来说一句，真不知孤芳自赏的是人还是梅？梅花的香，细究起来，之所以让人觉着特别的香，原因在于这时候除了梅花确实还没有其他的花，既无花，何谈香哉？所以梅的香是只此一家。梅花中，我最喜欢的是白梅，当然最好是绿萼，开起来让人觉着有无限的春意在里边。朱砂梅固然好，但是太热闹，太热闹的东西我总是不太喜欢，但想起《红楼梦》中宝琴抱的那一大枝红梅，却又让人觉着好，红梅要衬着白雪才好看，但白梅亦要雪来衬着才更妙。王安石的"墙角数枝梅，凌寒独自开，遥知不是雪，为有暗香来"写得就是白梅，而字面上没一个白字，真是妙哉。梅与雪一色，浑然难辨，当然只能靠香气来感觉梅在雪中的傲然存在。传说中一首古诗我也喜欢："一片两片三四片，四片五片六七片，七片八片十来片，飞入梅花都不见。"也只能是写白梅。多么好的境界，那该是多么密而急的雪，直飞到一大片的白梅里去。

身在北方，看雪的机会太多，但看梅就只能对着盆梅想象江南的香雪海。今年去了一趟南京，是专门去看梅，却上了新闻媒体的当，电视画面上的梅已经是开得沸沸扬扬，但现实中的梅花却还没怎么开，要说开也只是星星点点，无论红梅还是白梅都还是满树满枝的花骨朵，倒是蜡梅正开得好，蜡梅真是香，离老远就能闻到，远远地，远远地就香过来。北方没有蜡梅，远远地闻过香，然后过去细看，却让人吃一惊。蜡梅当然是黄的，颜色像是有几分透明，像是受了冻。让人吃惊的是蜡梅的花瓣既不是五瓣儿，也不是冬心笔下的一个圆圈又一个圆圈，圆圈圆圈又圆圈。蜡梅的花瓣是十多瓣儿，分两三层，花瓣儿是尖锐的三角。这忽然让我想到了宋徽宗的《腊梅山禽图》，当初看这幅画，心里还觉得十分不解，萱草和蜡梅在一起开花可以让人理解，艺术既不是自然中物，时序自然可以被打破。但让我感到奇怪的是徽宗笔下的蜡梅怎么会是那么多瓣儿，重瓣儿梅可以多瓣儿，重重叠叠十多层都可以，但梅花的花瓣儿怎么会是尖锐的三角？当时还觉得是徽宗的笔误。殊不知却是自己的不对。作为艺术家的徽宗向来是重写生也提倡写生，关于孔雀升阶先举哪条腿已成艺坛佳话。看了南京的蜡梅才知道徽宗的创作态度真是极其严谨。艺术从来都离不了想象，但又从来都不能只靠想象来完成。

我很喜欢作家汪曾祺的那篇写他故乡花木的随笔，他说他的故家有一树老蜡梅，年年蜡梅要开花的时候他都会爬到树上去摘一些下来，给家中的女眷戴。说到蜡梅中的"狗心梅"和"檀心梅"，我在南京看到的蜡梅花便是檀心梅，花心做深紫色。当时摘了满把放在衣服口袋里，到第二天还香。从南京到扬州，瘦西湖两边的蜡梅也黄黄的刚刚正开，远远的香气拂然而至，让人顾不得和年轻的船娘说话。

看了蜡梅，想想自己最初看徽宗的《腊梅山禽图》时对徽宗的不满，真是让人惭愧，艺术要的是认真，做人做事也要的是认真，自己没有见过的东西最好要亲自看看才好，"艺术"二字首先是要从眼上过然后再从心上来，做人做事也如此，先要从眼上过，再从心上来。这倒是去南京看梅花最大的收获。至于满坑满谷的梅花的那种气势倒在其次了。几百株几千株的梅花一齐开放如雪如海，当然让人感动，但要领略梅之真韵，还要一株一枝一朵地细细看来，不细看，只远远一望，岂能知道蜡梅为何物，这样看，恐怕是到死不知蜡梅。

敢遣春温上笔端

有小报记者登门采访，采访将毕，忽然提出说要看看我的书房里挂什么条幅，字写得好不好，这毕竟是记者的雅致，居然还想得起书法条幅。我的写作间其实也就是我休息的房间，临窗是电脑一台，右手墙壁便挂着条幅，是"铁肩担道义，妙手著文章"。这条幅在我的墙壁上挂了多年，因为挂得久，竟好像忘了它，一经小报记者提醒，便觉此条幅挂在那里不妥，一是"铁肩"，我的肩哪有那么硬，二是"妙手"，写文章倒是写了有二十多年，文章还是拙！怎敢称一妙字。古人有座右铭，看了让人记着努力的方向而不致走错。而这副联分明不是"铭"之类，倒有几分"表扬与自我表扬"的意味。起首各两个字，"铁肩"与"妙手"，把自己夸得实在是可以。

文字这种东西，实实在在是让人心生畏惧的，这让人明白古代为何会有无字碑，总是左写也不是，右写也不是，最好的办法是干脆什么也不写，也许，不写是最好的办法。也就是古人所说的"一说便俗"。但古人之不写，还不可能只是怕落一个"俗"字，更怕的恐怕是掉脑袋。鲁迅先生的诗后生晚辈不好说长论短，但有好的意思在里边还是可以说一说的，最与鲁迅先生一生行止不符的是那两句："破帽遮颜过闹市，漏船载酒泛中流。"这不是鲁迅先生的状态。鲁迅先生的状态如何，也正好用先生的一句诗说说，那就是："曾惊秋肃临天下，敢遣春温上笔端。"这两句诗的境界且不论大小，战斗的精神却在里边，而且还有温情，并且是文人笔法，"敢"字也用得实在是好，这样硬朗的字眼也居然会大有诗意，鲁迅先生也真是会用"敢"字，他的另一首诗，毛泽东龙飞凤舞地写了送日本朋友，其中便有"敢有歌吟动地哀"这么一句。说到为人为文，鲁迅先生也真是敢，连和许广平结合，也表现出一个敢字。

我的书房近来便挂着先生这两句诗的条幅，打字的时候，累了，看看这宋式装裱的条幅，心里便也有了温度。毕竟是春回大地的时节，温度一点一点地回升，那温度偏偏又是形象思维，要靠花花草草来一一表现。文章也是要给读者一点点温度的，最起码让人看了你的文章从心里感到温暖。真正是，道义也不一定非担在肩上，而好的文章却一定要有春天般的温情。

毕竟是一九五一年

　　王世襄老先生一半的学问是玩儿出来的，说到玩儿，并不是人人都会玩儿。鸽子天天在天上飞，鸽哨的模样却不见得人人都知道。只要看看王先生写的《北京鸽哨》，你便会觉得人生天地间原来处处都是学问，就看你会不会做。会做这个学问的前提是玩儿，玩儿得投入，玩儿得好，然后才会有学问像酒一样不得不被酿出来。王先生在《北京鸽哨》里说鸽哨的佩系十分巧妙，而又十分简单，鸽子的尾翎一般是十二根，十三根的也有，但是少数，佩系鸽哨要在鸽子尾翎正中四根上距臀尖约一厘米处穿针。这讲的真是够细致。白石老人当年画鸽子以响应世界和平，便要人把鸽子抱过来亲自把鸽翅的根数一一数过，然后才敢下笔。佩系鸽哨以防脱落和数鸽翅以免落笔有误，一样都是学问。北京跨车胡同当年的鸽哨想必是好听的，鸽哨要配上四合院的灰色瓦顶和斑驳的红色宫墙听起来才够味道。读王世襄老先生的《北京鸽哨》真让人唏嘘，朗朗的鸽哨声既已久违，脑子里竟还是无法挥去的老北京城的落日余晖。风雅是会随着时间消淡的，消不淡的又是什么还真不好说。

　　一九五一年王世襄老先生听说东直门内住着一位老居士，家里供着许多尊佛像，一天冒昧晋谒，居然承蒙接待。那老居士住北房三楹，正中一间摆一大条案，案上所供佛像居然会有十多尊。众像之中最让王先生心动的是一尊雪山大士铜鎏金造像。王先生说这尊雪山大士像的头特别大，形象夸张古拙，而且时间还不晚于明。老居士说这尊雪山大士是当年布施某寺院香火资若干而得以请回家供养。一九五一年的人性毕竟和现在有天壤之别，那时的人风雅而且诚笃，王先生对那老居士说自己家里既有佛堂而又愿出加倍的香火之资把那尊雪山大士像请回去供养，老居士居然欣然同意。

看王先生这篇关于雪山大士造像的文章时，我还无缘一见此造像，前几天我的朋友送我一套王先生的近作《锦灰堆》，上边的铜鎏金雪山大士图像果然好，头果然是大，胳膊和腿真是瘦了点，既在雪山苦修，风霜寒苦，又吃不海参燕窝烧鸭子，想必应该是这样子，哪像时下的电影和影视剧，镜头里到处逃难的灾民居然个个不肯消瘦一点点，"万家墨面没蒿莱"的情景竟让人一点点都看不到。

令人感动的是王先生既拿了大士像，出门的时候为了方便上自行车，要把雪山大士倒一个儿，那居士脸色忽然有变，忙把大士像又正了过来，说"怎能如此不敬"。王先生在这篇回忆文章里最后说："我生怕久留，老居士回过味来发现我并不像他原来所想的那样虔诚，一定会要回雪山大士，不允许我请回家了。"

毕竟王先生玩得好，那雪山大士像真是精品，但也毕竟是整整半个世纪前的旧事了，要是现在，王先生文章的结尾也许会这样写：我生怕回去的脚步慢了，想不到再回去的时候那老居士早不见了，房东告诉我说他也不认识这个老居士，是他出了十元钱暂借房子一用的，当时我就愣在了那里，我手里的雪山大士像上涂的竟然是厚厚一层皮鞋油，怪不得味道很怪。

王先生的眼力果真厉害，但那毕竟是一九五一年。

据说书法表演不宜配乐

参加过舞会的人可能都会有一个同感，那就是人会随着音乐节奏的快慢而动，据说有些快节奏的音乐不宜老年人听，怕的就是音乐节奏太快对他们不宜，音乐响起来的时候人不可能坐在那里无动于衷，奶牛会一边听音乐一边摆动尾巴，这说明音乐对牛也会一样起作用。这让我想到一位朋友新婚时的遭遇，新婚做爱人人难免，更可以说是人人不能免，所以说说也无伤大雅。这位朋友原是住在一个音乐发烧友的隔壁，他新婚所碰到的头痛事就是他和爱人做爱的时候隔壁往往音乐大作，有的节奏会对他的做爱起推波助澜的作用，而往往在兴头上则音乐节奏大变，竟忽然慢板抒情起来，要与这抒情音乐的节奏合拍在电影里则可能是慢镜头，这忽快忽慢的音乐真正是让他伤透了脑筋。所以说音乐对某些事情并不一定会起到好作用。

品酒会与音乐没有多少矛盾，饮酒也不是军事活动，不必整齐划一地举杯，也不必且舞且蹈地按拍按律，你在那里举杯他在那里操琴，他那里即使是"高山流水诗千首"，你这里依然还可以只是"清风明月酒一船"；即使琴弹到最快的时候，饮酒的速度也未必非要和音乐合拍一杯一杯川流不息地喝。

但品酒会上请书法家写字并配乐则有些不宜，首先是什么节奏？节奏快了据说是比较适宜写小楷，散散碎碎的抄经体字体本来既小，书写速度也快，是好是坏还是可以随节奏行事。而音乐节奏忽然大变则往往让书家大窘，古琴还可以，如果钢琴交响天外风雨般地一齐来，再加之以军乐雄壮的铜管，真不知书家怎样下笔。据说请书家上台当众书写表演不宜音乐大奏，想必音乐的节奏与书家腕下的那支笔难以合作，快快慢慢均难把握。

据说书法表演不宜配乐。

从画说到肥皂

看马骏的人物画，我就常常想洗澡。

我是洗混堂长大的，至今还喜欢在混堂里洗澡，周边都是哗啦哗啦的水声，除了水声就是水雾，中国人洗澡最讲究泡澡，不泡好就不算是洗澡，泡澡是一种享受，可以慢慢慢慢把身子浸到挺热的水里去，泡澡就是要挺热的水才行，没听过要泡凉水澡的。泡澡泡到浑身大汗，满脑门儿都是汗，眼睛给汗杀得睁不开，然后才会去洗。最难忘的是洗年根儿澡，澡堂一入腊月二十五就一天比一天忙，中国人的习惯是有钱没钱剃头过年，除了剃头就是洗澡，一年到头忙来忙去总要把一年的尘垢洗洗。长这么大，好多次我都是到了腊月二十九晚上才去洗澡，这天晚上洗澡的人可以说是达到了高峰，堂子里的人，怎么说，一个挨一个，竖着，像罐头里的沙丁鱼，一条挤一条，谁想转转身子都不可以，一定要转，得跟身边的人打招呼。我居住的老城大同过去只有三个澡堂，一是"大众浴池"，二是"花园浴池"，三是大皮巷里的那个小澡堂，澡堂少，所以一到过年澡堂里那情景简直是拍出电影来都不会有人相信，那么多人挤在一起能洗吗？洗澡是一种享受，但好像是不那么卫生。洗混堂，让师傅好好儿给搓一下，师傅在那里搓，你也许已经迷迷糊糊地睡了一小觉，耳边是哗哗哗哗的水声，是人们瓮声瓮气的说话声，是师傅敲背的噼啪噼啪声。那时候洗澡，你不用带毛巾，大家都用澡堂里的毛巾，但入塘洗澡都要买肥皂，整块的肥皂，已经切成了一小块一小块，像是大号的贵妃奶糖，一毛钱一小块，刚刚合适一个人拿来"咯吱咯吱"洗。一小块肥皂，是既洗头，又洗脸，又洗身子，一个人直被那一小块肥皂洗得干干净净！那时候的澡堂里边弥漫的就是这浓浓的肥皂味，肥皂的味道好闻吗？怎么不好闻！"灯塔牌"肥皂和"迎泽牌肥皂"的味道最好！洗完澡，可以躺在外边的座儿上睡一会儿，人们把澡堂的床叫座儿，俩人一座儿，中间给一张小桌隔开，你可以要一壶茶，粗枝大叶的花茶一小包一角钱可以让你喝得昏天黑地，你躺在那里可以一直喝，或者睡一大觉！醒来再喝！这场景颇像马骏的画面。世俗之中有点点说不清的欲望，只不过他笔下的人来得更闲散，古人除了击鼓鸣金地打仗，一般都很闲散。我喜欢澡堂的道理还在于那几年去北京住店很不方便，但可以住澡堂，住澡堂的好处一是便宜，二是可以洗澡，三是可以看各种各样的人在那里说话，大家都睡在偌大的澡堂座儿里，座儿是一排一排的，提包你可以事先寄存了，然后放心睡大觉。睡前可以洗一下，如果是夏天，睡出了汗，你可以再去洗一下！那是底层的、让人感到亲切、大家彼此平等的地方。要是饿了，还可以买个烧饼吃！一转眼，这个世界发生了多么大的变化，这种澡堂是越来越少了，你现在再用肥皂洗澡，大约会引起普遍的大惊小怪！虽然没人问你为什么不用洗发水和浴液！

直到现在，我对肥皂还是充满了一往情深的感情，比如洗小件的衣服，我会坚持用我认为够标准的肥皂，那就是一定要是灯塔牌的那种或者是迎泽牌的那种。我非常喜欢那种味道，觉得比得上最高级的香水，穿上用这种肥皂洗的衣服出去，你的身上会散发出最最好闻的肥皂味儿。肥皂好闻吗？肥皂怎么不好闻！用肥皂洗过的头发给太阳一晒味道绝对是清清爽爽！当年我在湖边的学校教书，中午去湖里游泳，游完就用肥皂给自己洗一下，再躺在那里给太阳晒晒，浑身的肥皂味就会弥漫出来。我总是埋怨爱人不会买肥皂，怎么一买就是现在的那种能香人一个跟头的肥皂？我告诉她这种肥皂对人身体并不好，我爱人说怎么不好？你说怎么不好？我忽然总结不出来，张口结舌之际忽然想到了刚刚看过的一本毛泽东身边的卫士回忆毛泽东的书，我对我爱人说，你知不知道过去的那种肥皂可以灌肠！毛泽东有便秘的毛病，卫士们有时候就会用那种肥皂给他灌肠。如果过去的肥皂有问题，可以用来灌肠吗？现在的肥皂可以用来灌肠吗？我以为我找到了热爱灯塔牌和迎泽牌肥皂的最充分的理由。

　　一个人的习惯是很难改正的，就是现在在街上走，忽然有个人从对面走过来，擦肩而过的时候带来一阵清清爽爽的肥皂味儿，常常是，我会一怔。那肥皂的味道，简直是代表了一个时代的气息！清平不是清贫，肥皂的气味是清平的，我喜欢清平，有一个词牌叫"清平乐"，如看到这么一首词牌的词，里边填了什么内容倒不重要，只"清平乐"三个字便叫人喜欢！我不教书已多年，如还在课堂教课，假设有学生问我"清爽"一词怎么解？我一定会对他说："去闻一下'灯塔牌'和'迎泽牌'肥皂！"或者我会建议马骏，要他在画中的人物手中塞一些洗澡的用品。古人用肥皂吗？好像是，但明清之前起码不会有。

何时与先生一起看山

　　吴先生似乎在画界没有太大的声名，也许他太老了，老到已被许多人忘掉，他周围的人似乎已不知道他是南艺刘海粟先生的高足。总之他很老了，莫非老到非要住到郊外的那个小村落里的小院子里去？我见先生的时候，先生的画室已是四壁萧然，先生也似乎没了多大作画的欲望，这是从表面看，其实先生端坐时往往想的是画儿，便常常不拘找来张什么纸，似乎手边也总有便宜的皮纸或桑皮纸，然后不经意地慢慢左一笔右一笔地画起来，画画看看，看看停停，心思仿佛全在画外，停停，再画画，一张画就完成了，张在壁上，就兀自坐在那里一声不吭地看，嘴唇上有舔墨时留下的墨痕，有时不是墨痕而是淡淡的石青，有时又是浓浓的藤黄，我没见过别人用嘴去舔藤黄，从没见过。先生莫非不知道藤黄有毒？

　　先生的院子里，有两株白杨，三株丁香，一株杏树，四株玫瑰，两丛迎春。秋天的时候，白杨的叶子响得厉害，落叶在院子里给风吹着跑：哗哗哗哗，哗哗哗哗，想必刮风的夜晚也会惹先生惆怅。我想先生在这样的夜里也许会睡不着，先生孤独一人想必也寂寞，但先生面对画案、宣纸、湖笔、端砚，想来分明又不会寂寞。

　　先生每天一起来就拿个一尺半高的小火炉，先把干燥的赭色的落叶塞进小火炉，然后是蹲在那里用一本黄黄软软的线装书慢慢地煽。炉子上总是坐着那把包装甚古的圆肚子铜壶。秋天的时候，先生南窗下的花畦里总是站着几株深紫深紫的大鸡冠花，但先生好像从没画过鸡冠花，有一段时间，先生总是反反复复地画浅绛山水，反反复复地画浅绛的老树。去看先生的人本不多，去了又没多少话，所以去的人就少。有一次我问先生，所问之话大概是先生为什么画来画去只画山？先生暂停了笔，侧过脸，看着我，想想，又想想，好像这话很难回答。我也会画花鸟的。先生想了老半天才这么说。过了几天，竟真的画了一张给我看。是一张枯荷，满纸的赭黄，一派元人风范。纸上的秋荷被厉厉的秋风吹动，朝一边倾斜，似乎纸上的风再一吹，那枯荷便会化作无物，枯荷边有一只浅赭色的小甲虫，仿佛再划动一下它长长的腿就会倏尔游出纸外。

　　吴先生很喜欢浅绛色，吴先生的人似乎也是浅绛色的，起码从衣着和外表上看，是那么个意思。

　　我和吴先生相识那年，先生岁数已过六十，我去看他，所能够进行的事情似乎也就只是枯坐，坐具是两只漆水脱尽的红木圆墩儿，很光很硬很冷，上边垫一个软软的旧绸布垫子，旧绸布垫子已经说不出是什么颜色，但花纹还是有的。吴先生当时给我的很突出的印象是他老穿着一身布衣，那种很普通的灰布，做成很普通的样式，对襟、矮领儿，下边是布裤子，再下边是一双千层底的黑布鞋。衣服自然是洗得很干净的，可以说一尘不染。床上是白布床单儿，枕上是白布枕套儿，也是白白的一尘不染。你真的很难想象吴先生当年在南艺上学时风华正茂地面对玉体横陈的印度女模特儿是一番什么样的情景？他当年喝琥珀色的白兰地，用刻花小玻璃杯，抽浓烈的哈瓦那雪茄，用海泡石烟斗。戴伦敦造的金丝框眼镜。这都是以前的事，真真是陈事旧话了。现在再看看吴先生的乡间小平屋，你似乎再也找不到一点点当年先生的余韵或者是陈迹。

先生住的院子是乡村到处都是的那种院子，南北长二十二步，东西宽十一步。两间小平房，窗上糊白麻纸，临窗的桌上是那方圆圆的端砚，砚的荸荠色的漆匣上刻着一枝梅，开着瘦瘦的几朵花，旁边是那只青花的小方瓷盒，再旁边紧挨着的是那一套青花的调色碟，再过去是那把紫砂壶，壶上刻着茅亭山水和小小的游船。那只卧鹿形笔架，朝后伸展的鹿角真是搁笔佳处，作画用的纸张在窗子东边的柜子上边搁着，用一块青布苫着，雪白的宣纸上苫着青色的布，整日地闲着，一旦挪动起来，有微微的灰尘飞起来，像淡淡的烟。那就是先生要作画了。

吴先生好像从不收学生，画家不是教出来的。吴先生这么说。所以就有道理不收学生吗？吴先生常常把那张粗帆布躺椅放到院子里。人静静地躺在上边，记得是夏天的晚上，天上有月亮，很好的月亮，可以看得见夜云在月亮旁边慢慢慢慢滑过去，那淡淡的云真像是给风拖着走的薄薄的白纱巾，让人无端端觉得很神秘。一根五号铁丝，横贯了院子的东西，在月亮下是闪亮的一道儿，铁丝上一共挂了五只碧绿的"叫哥哥"，有时会突然一起叫了起来，这样的晚上真是枯寂得可以也热闹得可以。也只配了先生，只配我的先生。有一次，吴先生感冒了，连连地打喷嚏，是前一天晚上突然下了大雨，先生没穿衣服就跑出院子去抢救那五只叫哥哥，怕叫哥哥给雨淋坏，叫哥哥没事，先生自己却给雨淋出了毛病，咳嗽了好长时间才好。

又有一次，先生不知从什么地方忽然弄来了一只很大的芦花大公鸡，抱着给我看，真是漂亮的鸡，灰白底子的羽毛上有一道一道的黑，更衬得大红的冠子像进口的西洋红。吴先生坐在布躺椅上一动不动地看鸡，那鸡也忽然停下步子侧了脸看先生，先生忽然笑了。笑什么呢，我不知道。

吴先生提了一只粮袋，慢慢走出小院子去给鸡买鸡粮，一步一步走出那段土巷，又慢慢走回来，买的是高粱，抓一把撒地上，那只大公鸡吃，先生站在那里看。

先生靠什么生活呢？我常想，但从来没敢问，所以也不知道。

先生的窗上不是没有玻璃，有玻璃而偏偏又在玻璃上糊了一层宣纸，所以光线就总是柔柔的，有，像是没有，没有，又像是有。在这种光线里很适宜铺宣纸，兑胭脂、调花青，一笔一笔画起来。柔和的光线落在没有一点点反光的柔白的宣纸上，那浓浓黑黑的墨痕一笔一笔落上去，真是美极了。墨迹一笔一笔淡下去，然后又有了浓浓淡淡的胭脂在纸上一笔一笔鲜明起来，那真是美极了，美极了。

我不敢说先生的山水是国内大师级的水平，与黄大师相比正好相反，吴先生的山水一味简索。先生似乎十分仰慕倪高士，用笔从来都是寥寥几笔，淡淡的，一笔两笔，淡淡的，两笔三笔，还是淡淡的，又，五笔六笔。树也如此，石也如此，水也如此，山也如此，人似乎也如此，都瘦瘦的，淡淡的，从来浓烈不起来。先生似乎已瘦弱到不能画那大幅的水墨淋漓的画，所以总是一小片纸一小片纸地画来，不经心的样子。出现在先生笔下山水里的人物也很怪，总是一个人，一个人在山间竹楼里读书，一个人在大树下昂首徜徉，一个人在泊岸小船里吹箫，一个人在芭蕉下品茗。先生比较喜欢画芭蕉，是淡墨白描的那种，也只有画芭蕉的时候，才肯多下几笔，四五株，五六株地挤在一起。我有一次便冒昧地问先生："您的画里怎么只有一个人？"先生想了又想，似乎这个问题很难回答，回头看着我，看着我，还是没有回答。但隔了几天还是回答了我。先生说，人活到最后就只能是自己一个人。先生那天兴致很高，记得是喝了一点点酒，用那种浅浅的豆青瓷杯。就着一小段黑黑的咸得要命的腌黄瓜。先生说："弹琴是一个人，赏梅也是一个人，访菊是一个人，临风听暮蝉，也只能是一个人，如果一大堆人围在那里听，像什么话？开会吗？"先生忽然笑起来，不知想起了什么好笑的事。先生笑着用朱漆筷子在小桌上写了个"个"字，说："我这是个人主义"。又呵呵呵呵笑起来。那天先生的兴致可以说是很高，便又立起身，去屋里，打开靠东墙那个老木头柜子，取出一只青花瓷盘。青花瓷美就美在亮丽大方，一种真正的亮丽，与青花瓷相比，五彩瓷不知怎么就显得很暗淡。先生把盘子拿给我看，盘子正中是一株杉，一株梧桐，一株青杨，一株梅，树后边远处是山，一笔又一笔抹出来的淡淡的小山，与此对衬着的，是山下的小小茅亭，小小茅亭旁边是小小书斋，一个小小布衣书生在里边读书，小小书斋旁边又是一个小小板桥，小小板桥上走着一个挑了柴担的樵夫，马上要走过那小桥的是一个牵了牛的农夫，肩着一张大大的锄，牵着一头大牛，盘的最下方是一个坐在水边的渔夫，正在垂钓。他们是四个人，先生指着盘说："但他们各是各。"先生用指甲"叮叮叮叮"弹着瓷盘又说："四个人里边数渔者舒服，然后是樵夫，在林子里跑来跑去，还可以采蘑菇。"我忍不住想笑。还没笑，先生倒笑了，又说："最苦是读书人，最没用也是读书人，没用才雅，一有用就不雅了，我是没有用的人啊。"吴先生忽然不说了，笑了，大声地笑起来。

先生爱吃蘑菇，雨后放晴的日子里，在斜晖里他会背抄手慢慢走到村西的那片小树林子里去，东瞧瞧，西望望，一个人在林子里走走看看，看看走走，布鞋子湿了，布裤子湿了，从林子里出来，手里总会拿着几个菌子，白白的，胖胖的。有一次先生满头大汗地从树林里拖出一个老大的树枝，擎着，那树枝的姿态真是美，后来被吴先生插在了屋里靠西墙的一个铜瓶里。那树枝横斜疏落真堪入画，好像就那么一直插了好久好久。多会儿咱们一起去看山吧。先生那天兴致真是好，当然又是喝了一点点酒，清瘦的脸上便有了几分淡淡的红。

我就在一边静静地想，想先生跻身其间的这个小城又有什么山好看。画山水就不能不看山水。先生又说，一边把袖子上吃饭时留下的一个饭粒用指甲慢慢弄下去。看山要在上午和下午，要不就在有月亮的晚上，中午是不能看山的。先生又说起他三次上黄山的事。那之后，我总想着和先生去看山这件事，让我想入非非的是晚上看山，在皎洁的月光下，群山该是什么样子，山上可有昂首一啸令山川震动的老虎，或者有猿啼？晚上，我站在离先生有二十多里的城里我的住所的阳台上朝东边的山望去，想象月下看山的情景，我想到那年我在峨眉山华严顶上度过的那一夜，周围全是山，黑沉沉的，你忽然觉得那不是山，而是立在面前的一堵墙，只有远处山上那小小的一豆一豆晕黄的灯火，才告诉人那山确实很远，离华严顶木楼不远的那株大云杉看上去倒很像是一座小山，身后木楼里的老衲的低低的诵经声突然让我想象是不是有一头老虎曾经来过这里，伏在木楼外边听过老衲的诵经。夜里看山应该去什么山？华山吗？我想去问问先生。但还来不及问，先生竟倏尔已归道山。

没人能在先生去世的时候来告诉我，去他那里看望他的人实在太少了。我再去的时候，手里拿了五枚朱红的柿子，准备给先生放在瓷盘里做清供，却想不到先生已经永远地不在了。进了院子，只看到那两株白杨，三株丁香，一株杏树，四株玫瑰，两丛迎春，丁香开着香得腻人的繁花，播散满院子静得不能再静的浓香。隔窗朝先生的屋里看看，看到临窗的画案、笔砚、紫砂壶、鹿形笔架、小剔红漆盒儿，都一律蒙着淡淡的令人伤怀的灰尘，像是一幅浅绛色的画儿了——

直到现在，我还想着什么时候能和先生一起去看看山，在夜里，在皎洁的月光下，去看那无人再能领略的山。何时与先生一起去看山？

杨春华印象

读杨春华的画，每让人想起一句俗话，那就是"巾帼不让须眉"。这话好像是对又不对，对且不说，不对的道理在于画家面对的是艺术，在这里性别又有什么用？所以且不需提须眉与巾帼，艺术家到了一定境界的时候是超越性别的，廊庑是无比阔大的，其内心的艺术世界可以说是无边无际的，看不尽的万里江山和阶砌下的小花细草俱在他们的胸间笔下。怎么说呢，也可以把画家的胸次比作一个音乐厅，在这个音乐厅里既可以琵琶、古筝、笙管和种种乐器杂汇在一起嘈嘈切切天外风雨般地演奏，又可以只容那一丝若无的风声，远远的一丝风声若有若无地吹过。如果画家只会一味地"画船吹笛雨潇潇"，那就没什么好看。好的画家就要多样、丰赡、宽阔，他们的笔下，可以是钉寸小鱼喋喋嗟嗟地浮上水面，也可以是千山成壑气象万千地在纸上排送而至。

杨春华是那种不惹人注意的女子，她在街上行走，你很可能会忽略她。习惯性的女性战略是：像她这样的女子可以用颜色和各种首饰把自己装潢得引人注目一些，可她偏偏就那么本色着。本色怎么说，本色有些接近于固执，但本色乃是君王的气概，是受人朝觐的主体，是无法让人忽略的更加动人的一种存在，你仔细地看着杨春华，便会渐渐看出艺术家生命本身的蓬蓬华彩。杨春华就是这样的一个人，她不动声色，一旦君临画案，周围却要起一阵震动的。笔在杨春华的手里忽然像是要飞舞起来，下笔真是速度快得很，好像不用思索，如要思索倒像是要误事的样子，在她那里，好像一切都没了法度，真不知法度在她笔下应为何物？我想那只是法度用得好，法度到了让人感觉不到法度存在的时候恰是法度用得"自在娇莺恰恰啼"的时候。

杨春华不是一个囿于定型的人。比如你对她说，你抽支烟吧，原是开开玩笑，但她就真的接一支过来抽；她说她不喝酒，忽然大家的兴致都来了，你给她倒白酒，她竟也肯起来干掉。吃饭的时候，她的态度像是在搞调查，都要吃一点点，但毕竟是女人家，好像是爱喝稀的，比如稀粥和清汤面条儿，又偏爱吃带馅儿的东西，这又有些像孩子。但她一再申明不吃羊肉，她对别人说她之所以不吃羊肉是因为她小时候是吃羊奶长大的。我不免在旁边愕然：羊奶好吃吗？想想是很膻腥的，如果给我一杯羊奶，我是宁可喝一杯白水的。在生活上，杨春华不囿于定型，在艺术上她也好像注定不会囿于定型：版画、油画、国画一样样在她的笔底和纸上川流不息，各种艺术的轻风时雨格外滋润着她，把她的笔下功夫开启得真是如花似锦。

八月的晋北毕竟是有些像秋天了，树上的叶子还没显出秋意，但那种叶子碎碎的香草却已经不再，一朵朵细细开出那似紫菜苔似的小花。北方人把那种香草叫"地荽荽"，香气分明扑烈、古典。各种的花香扑烈者多矣，但当得起"古典"二字的却不多。茉莉也香，但分明在那里现代着，唯有长在这荒野的地荽荽有着千古凝结般的香。我把这话告诉杨春华，她好喜欢，采了一些放在手帕里，采的时候说怕伤了根，小心翼翼，环保组织看了会对她肃然起敬。那天许多画家都好像动了凭吊之情，去风高天远的北魏古陵墓上徜徉。古陵墓的周围现在是长满了在秋风中瑟瑟作响的庄稼，庄稼开始黄熟了，颜色深紫的便是高粱。杨春华说南京没有高粱，南京真的没有高粱吗？所以高粱才令杨春华那么喜爱？

我想不到杨春华的那株高粱会画得那么灿烂，用"灿烂"二字形容高粱好像有些不对头，但那株高粱画得就是灿烂。她把纸在画案上铺开，色碟里的颜色便很快被生长在纸上，颜色，然后是奥妙的墨线，她作画的速度还是快，十分地快，你看不出她在思索，好像是，她早就想好了，也许在看到高粱的刹那间她已经想好了。高粱的颜色本是丰富的，但许多人偏偏要忽略它。画到后来，杨春华又把金颜色调了出来，在色碟里飞快地把金色调了调，舞蹈般地用笔在高粱上点点擦擦起来。这棵生长在纸上的高粱怎么可以那样灿烂？只是一棵高粱，却仪态万方，用笔用色洒洒落落，难得的是"情致"二字。文人画要的是什么？要的就是"情致"二字，意境倒在其次，悦情怡性本是文人画第一要义。旧文人画里的谷黍高粱是动不动要人起"故国邈远""田园将芜胡不归"之叹的。《诗经》中的《黍离》写到了黍，《黍离》是长得荒疏的写照，黍长得荒疏是没人好好种地，农夫废耕，家园颓废，"兔从狗窦入，雉从梁上飞"，还有什么兴废好言说？只有"出门东向望"的惆怅，不免"泪落沾我衣"的结局。旧文人画中的谷黍一枝一叶要说：也不过耳耳，而杨春华笔下的高粱让人起欢快之情，画是静止的，仔细看却如歌如舞。也只有这四个字可以形容此图，虽然是小品，却是虽小却好，让人感慨高粱原来也有今日。简单的东西是最难对付的，也最见一个画家的才情。一株草，一朵花，原本是小的，怡性悦情却往往只在这寥寥数笔间，寥寥数笔足可以见满堂风雨。

国画是什么？倒不是线和色彩的组合，其他画难道不是如此？国画要的是八个字"眼前山水，胸中丘壑"。眼前是眼前，笔下是笔下，眼前和笔下摄影般的一样了，那倒是艺术的末日到来。杨柳是风中的杨柳，古人却偏偏满怀惆怅地发现了它在风中的"依依"之态；桃花年年在春风里登场做花，古人却看它的"夭夭"之容,"杨柳依依"和"桃之夭夭",其"依依"和"夭夭"乃是画家心里的"真相"。"泪眼问花花不语,乱红飞过秋千去",泪眼是画家的泪眼,乱红飞过秋千去是笔下点赭施朱的铺排。点赭施朱的笔下功夫也许人人都会有,但泪眼问花的心情却绝对不会是大众的,也许属于画家。究之于绘画,没有泪眼问花之情肠,何来乱红飞过秋千去的动人画面?

首先,画家心里和别人不一样,笔下才能和别人不一样。你如果要看真正的山,那你最好去黄山登临,你看画家的山干什么?你要看真正的花,那你去花园好了,你看画家的花干什么?明白这一点,你才明白为什么要看画,明白这一点,画家才明白为什么要在那里调黑弄白,一纸,一笔,一砚,却会风情万种。

看杨春华作画,她的线来得极其随意,法度好像被远远地抛到了一边。看她在那里画人物,那轻罗衣衫被她一笔一笔慢慢地穿到古典美人儿的身上,你一开始根本就看不出她勾的是什么线,她笔下的线又不是画谱上习见的线。分析杨春华的画,你总觉得她和传统不即不离,似又不似,这可能与她从事版画和画油画分不开。但是,有时候,技巧又是什么?符号又能是什么?一个字一个字组起来是句话,要把你想说的话告诉别人,字本身没意思,组合起来才有意思,问题是你要表达什么。如没有意思要表达,便只好是一部语法修辞书而已。国画和任何的画都是技巧的又不是技巧的,杨春华深得个中三昧。好像是,她不要那些线和色彩来表现自己的心里所想;倒好像是,她的心情和种种想法排遣着色彩和线条,一种是从外到内,由色彩和线条渐渐把自己心情叙说出来;一种是从内到外,心情在排遣色彩和线条,杨春华是后者。所以,她的画是诗情的,主观因素浓重的,是心相,而不是外相,但这心相又抽象到让人莫名其妙,所以她的画上衣衫依然是衣衫,镜台依然是镜台,那美女子正在那里"照花前后镜"地梳妆。看她的画,解得开,满幅却又只是色彩和线条,这是画的真正魅人处,是读画的津梁所在。

　　杨春华的画极富个性，可以说在艺术上不衫不履。你幼稚地用《芥子园画谱》去分析一下她的画，好像线也不是线，皴也不是皴，但她的画就是好，是诸法俱在，而诸葛亮法又被打成了碎片。林风眠好不好，当然好！但人们对林风眠说了又说，谁也说不出个赤橙黄绿，林风眠就是林风眠，好就是好。一张画摆在我的面前，你愉悦了，那你还需要什么呢？好是不能解释的。花在那里开得很好，你在一边解释说花乃是植物的生殖器，真正煞风景也。对待艺术，正是如此。

　　杨春华的笔下世界是诗情的世界，她的山水是她的山水，她的花卉是她的花卉，她的古典美人是她的古典美人，这就足够了，如果要看黄山，你去黄山好了。艺术便是这样。你来，就是要看我的，要看黄山，请去黄山。

　　怎么说呢，杨春华是真正意义上的"美人"，她的精神气象万千，美不胜收。但也有人会不喜欢，世事如此，你想让生人都喜滋滋地喜欢你，那也许你是病得不轻。如果你想人人都来喜欢你的艺术，那你的艺术只能是不伦不类。

走近陈绶祥

陈绶祥先生当年在南竹竿儿斜街住，那地方不太好找，朝东拐一下，再朝西拐一下，还要再拐来拐去，让人很不耐烦，去了几次都记不住，到最后干脆每次去都得叫一个人带着，像影视里的特务接头。

陈先生的家在南竹竿儿一个很老的院子里，他的邻居，是红学家周汝昌。陈先生就住在周先生的隔壁，最西边那间。一进去，是间狭长的屋子，客人来了就坐在这里。紧往里边去是厨房，陈先生的太太不在北京，他一个人过，却把屋子收拾得十分整洁妥帖，什么东西该在什么地方就在什么地方。左手里边的那间是陈先生的小卧，光线总是暗暗的，有一架钢琴，是三角的那种，上边蒙着老大一块白色的苫布，别的什么东西上好像总也是苫着苫布。这屋子给人的印象是，主人随时都准备要搬家，又好像是，主人刚刚从遥远的地方回来。钢琴的旁边，有一张漂亮的明代小几，这件东西让我眼睛每每一亮，明式家具的线条真是好，用北京话说是"地道"。就这明式小几，让人觉得陈先生的趣味和眼光真是与众不同。陈先生的家里好像还有些随手放置的古董，我那次去，带给他一个汉代的大肚子孕妇俑，他很喜欢，当即把她放在东墙之上他母亲的相片旁边。这个汉代俑很少见，整个人踞坐在那里，肚子很大，朝前挺着，像是马上就要生了，在努力，身上披着一件绿衣，当然，这只俑施的是绿釉。陈先生的眼光很狠，一眼就能认出好东西。再一次去，陈先生给我看他十八九岁时临的四王，条幅画面上一笔一笔一笔一笔，没一笔不到，当时让我很吃惊，时下临四王的人能如此者已不多见。陈先生当时的屋子里，外间的墙上挂着他画的四条，似乎都与他母亲有关，我记着其中的一幅，他的母亲在洗衣服。那四条让我心里很难过，我知道陈先生怀念他的母亲，画家的怀念就是把他的怀念画出来。陈先生是有雅趣的人，他的家中，该水仙的时候是水仙，该佛手的时候是佛手。那一次，我坐在那里看他在画一棵硕大的老来红，绿花红叶子，颜色漂亮而刺激人。他一边和我说话一边画，在座的还有画家粥庵。陈先生作画运笔总是很慢，一笔一笔在那里写。他用的那支笔看相极好，短短的，粗粗的竿子，粗粗的笔头，竹竿是斑竹，真是一支漂亮的笔。我悄悄对粥庵说这支笔短短粗粗真像是陈先生，粥庵斜瞅我一眼，忍不住笑了一下。后来我们找了许多地方，终没有找到陈先生那样的笔。

在我认识的人里边，思维之敏捷，对答之机智而又妙语连珠者，好像没有人能超过陈先生。他就是在那里胡说，也好听，也能引经据典，是当代一奇人。不知怎么回事，他与通县也没什么关系，我就总是要把他和明代的李卓吾放在一起相比，李卓吾的墓就在通县，墓前记着像是有很高的白玉兰，花开满树的时候，遇上好阳光，晃得你都睁不开眼！

陈先生不怎么能喝酒，我认识他的时候他已经不怎么喝，好像是由于身体的缘故，但请他喝，他从不肯拂人兴致，便也端起就喝。陈先生极性情，高兴起来手舞足蹈。不单单是美术方面，好像是各方面，他都极能给人开窍，只几句话，就能颠覆你读了一辈子的书。我在那里听他七说八说，心里总是充满了佩服与欢喜。我甚至在心里想，如果他旁边的周先生要卖房子，我一定要多卖几件古董把那房子给买下来，虽然那房子老旧破烂灰尘满面！这念头，怪而又怪，我并不喜欢北京，北京太拥挤，动这念头，只为了想住在陈绶祥先生旁边日日能见到他，听他妙语连珠，或，听一听在别处再也听不到的"胡说八道"。

陈先生在南竹竿的厨房收拾得真是干净，是"一尘不到"。好几次，我都想要陈先生给我炒几个菜吃，我想他一定炒得很好，能吃到他做的菜我想应该是幸事。但陈先生说，走！到对面吃！他走在前边，我们跟在后边，出了胡同，街对面就是那个小馆子，门脸儿虽小，菜是没得说。里边的服务员和厨子和陈先生很是相熟。陈先生是个努力要自己平民化的人，所以才会和他们相熟。但几乎人人都知道，中国当代新文人画的兴起与发展，陈先生是其中最最重要的发起和推动者之一。说来也怪，陈绶祥画这画那，我就以为他的鸭子画得真好，我站在旁边看，那天他也是来了兴致，三笔两笔，一边画一边还和旁边的人说话，画到精彩处他会忍不住用舌头舔一下嘴唇，好像吃了实在很香的东西，他画鸭子，焦墨兼淡墨，真是好得很。我在一旁说好，陈先生笑着说要给我画一百零八只，我顿时觉得我已经大富起来，但那一百零八只鸭子至今都没画，要画，想必那是一个要多长有多长的长卷。说到作画，陈先生往往有奇思妙想，他把老鼠和电脑鼠标画在一起，他画小汽车，还画各种不能入画的东西。我明白，他是在寻找更多的可能，想寻找更多与前人的不同，这真是太难！说到作画，陈先生的题跋在国内是首屈一指，而且，能够当场立就！其才思敏捷无可比方。而当代画家最薄弱的地方就是题跋这一块儿，画好，好得无可挑剔，但一落题跋，便把画给人们的好印象都给拉了下来。陈先生的思维是四面八方五花八门，呈放射状，他的思维要放射到哪里去，真让人捉摸不定，是，让人防不胜防，是，一般人和一般问题都难不倒他，或者是，二般人和二般问题也难不倒他。

陈先生弹钢琴，十个手指在钢琴键子上跳来跳去，真让人想象不到，我耳熟能详的钢琴曲居然在他手下一如行云流水。那一次，我住在离陈先生不远的宾馆，三联书店的后边，陈先生来了兴致，要人马上去取他的手风琴，我真是不太相信他能拉手风琴。好家伙，琴来了，陈先生又让我吃一惊，居然，他的手风琴拉得在专业水平之上！

陈绶祥先生就是这样，本来你以为已经走近他了，忽然，举手投足间，谈古说今间，他说了什么，你一下子猛然觉得事情原来还能有这一面，你便忽然明白自己又离陈先生很远。简直是"瞻之在前，忽焉在后"！

陈绶祥先生是个有着十足魅力的人，是个不好把他一下子就放在哪个领域里的人。有时候，我会十分想念他，这个人，只要你坐在他旁边，你便会振奋欢喜起来，只这振奋和欢喜，在别处，也许你永远不会得到。

陈先生送我一幅牡丹，大红的叶子大绿的花，在整个美术史上，几乎见不到。是前无古人。

金农的梅花与字

八怪之中，金农似乎是个领袖，首先是诗好，说到诗好，他更是八怪之首，连郑板桥都好像要让他一步，画家与画家之间，作家与作家之间原是不能相比的，各是各的事，各有擅长。金农是奇思妙想，但他的大部分的好也停留在"奇思妙想"之上。用我老师可梅先生的话就是"金农知画而法不备"。但是，金农有两样好，梅花和他的书法，一般人无法与之作比。我喜欢金农是从他的《冬心先生集》开始，这本集子的序写得深获我心，简直是画家向世上发表的一篇美的宣言，金农先生的这篇序我不知读了有多少遍，读毕，总要闭着眼想想序里的那种境界，觉得如果能永远待在这篇序里该有多好。

金农作画喜欢同样题材反复来画，比如这首："树荫叩门门不应，岂是寻常粥饭僧，今日重来空手立，看山昨失一枝藤。"金农以这首题画诗反反复复画过许多幅，简直是，每一幅都好。金农的画好，好在总体的妙想上，一个和尚在那里敲门，浓郁的树从墙头里边直长出来，那境界出奇地让人向往。为了一枝藤杖，这个出家人又来了，而这又是个风雅得紧的出家人，一个看山比持经念佛都看得重的出家人。金农之好，并不好在技法，而好在妙想之上，在别人不敢想的他都敢想，比如画墙头，一堵墙头，梅花从墙头那边过来，简简单单却有意韵，画面上没有人，却分明又有人在，这个人正立在墙头之下仰着头看别人家院子里的梅花。不知是谁的诗："梅花开时不开门。"梅花在古人的眼里真是性命，不开门一是要自己看，二是怕俗人搅了梅花的清韵。我家养梅花便是这样的心情，今年的梅花是绿萼先开而朱砂随后。梅花开的时候是既想让人来看，又不愿让人来看，想让人来怕乱，不想让人来又怕梅花是白开一场，好东西是要人看的，但你有太好的东西就是怕人看，那简直像是娶了如花似玉的美妻，是想要人看的，却又怕人看。在心里，是火烧火燎。

金农之好，是随笔点染，全不问技法过不过"法"字那一关。比如他的荷塘，一点一点，十点百点深深浅浅的绿便是那荷，一道小小古典廊桥便是看荷的地方，这样的题材他画过不止一次，那荷塘的廊桥之上是有时有人，有时没人，有人没人都没什么关系，那画面总是很吸引人，静中的一种热闹，花开总是热闹的，没人却是冷清，这便让人生出一种莫名其妙的心绪，这心绪又说不清，金农的画里总是有许多说不清的东西在里边。你想提意见的时候，在心里又对他佩服得实在了不得，看金农画，完全是到庙里参佛的意思，尘间的细节都没有，但就是要让人把尘间的事一一都想过。金农的画是真正的文人画，如把他许多画上的题画落款抽去，他的画简直就没得看，但题画诗和落款一出现，他的画便马上变得耐人寻味。

金农敢于画简单得不能再简单的画，远处一抹远山，近处是一丛芦苇再加上一抹小沙洲，然后是，一个在那里垂钓的人，太简单，没得看，简单得没得看，宁静得没得看，但一题诗，便了不得。

金农的画是浑然一体的，无可拆分，就像是世上的一种美人，五官眉眼分开看都不惊人，但放在一起却是天下大美。我喜欢金农是从他的文字始，画家怀一也喜欢金农，我送他一本《冬心先生集》，后来我千方百计又找到一本线装本的《金农先生集》，这本书，怎么说，像是我的别一种《圣经》，总是看，总是看。

梅兰芳先生的拿手好戏有两出，《贵妃醉酒》和《宇宙锋》，每每搬演，光照四座。而金农先生的拿手好戏是他的梅花和漆书。金农的梅花松得来也紧得好，能松能紧，圈圈点点全是诗歌和文人的白日梦！金农画梅，不是一枝一枝长起，也不是一朵一朵开起，是一长就是一大片，淡墨浓点，真是风雅至极，是浩荡的春风手段。春风要花木从冬天里醒来，原不在摇一枝拂一朵慢慢下功夫，而是铺天盖地！站在金农的大幅梅花下，真是让人一时不可捉摸，不知此老是从何处下手，百竿千枝千朵万朵的感觉分明让人觉得已身在梅林。金农先生的漆书是书法史上的开宗立派，是金农先生方方面面最亮的一面，好得不用再说。

没事翻金农的画和诗文，心里的感慨总是一时好像无法收拾，好而无法说。"知画而法不备"却又每每令人着迷，这便是金农的好，也，便是他的怪，也，便是我无法不喜欢金农的地方。画家粥庵说："金农题款，天下第一，看似民谚，朴素高深。"

信然！

周亚鸣印象

　　新文人画家里边，周亚鸣最像江南才子，也清瘦得恰好，有一点点性感，却被雅雅的一笑包围起来。他酒是一点点都不能动，好像是，谁给他烟，他还会接过来玩儿一下，整支整支地抽好像不会，抽几口，然后马上把烟在烟缸里掐灭。因为他动手术几乎把胃全部切除，我开玩笑叫他"无胃公子"。在全部的新文人画家里边，周亚鸣还真像个贵公子，我以为公子的条件一是帅，二是雅，这在周亚鸣那里都有，但还要再加一个字，贵。他的画作富贵气，和众多的画儿挂在一起，他的色彩和光泽总是在那里吵吵闹闹非要人过去看不行。

　　周亚鸣好像很少画人物，山水多一些，花鸟多一些，他给我画过一张人物，一个写意古典人物，拄着杖，古人无分老小一定是都要拄杖的，不拄杖还会是古人吗，这画中的人物拄着杖歪着脸正在看天上的那半个月亮，上边题款是"自己吓自己"，是画给我的，好像是那一次吃饭我讲了什么笑话，笑话我已经忘掉，但这张画总是让我想把那个笑话想起来，一晃十多年过去，草长莺飞，不想也罢。

周亚鸣的画无分山水花鸟都十分抢眼，我母亲大人活着的时候爱翻画册，说是看画儿，翻到周亚鸣的花鸟，说这真是好看！看周亚鸣的山水，我总是想到董其昌或明人的山水，而其花鸟却是宋人的风致。

周亚鸣的花鸟在中国特别占一地，鸭子画得可以说是举世无双，一只只都像盛装的古典美人，富贵而好看，而且，都一律是抹了口红的美人！能把鸭子画得这般富丽，当代真是无人可比，再寒素的一面墙壁，只要挂一幅周亚鸣的鸭或花卉，这堵墙便会一下子变得无比好看起来。他的画比宋人的还要多姿多彩一点，若放几百年，颜色转淡，清气渐渐浮起来，便恰好更接近宋人。我以为，把周亚鸣放在新文人画派里真正是有些不搭调。虽然他擅长以写意的意趣画他的工笔，这是周亚鸣有别于其他工笔画家的所在。工笔画家一般都很紧，而周亚鸣好在松脱，松松脱脱的好看。说到周亚鸣的花鸟和山水，用得上四个字"锦心绣手"！看周亚鸣的画，还有一个感觉是好像是一下子打开了美而又美的古锦缎，二十一世纪初我参观日本西阵织会馆，当时在心里忍不住叫了一下，这不是周亚鸣的富丽华美吗？我想西阵织应该把周亚鸣供在那里，像供神一样，他们的西阵织会更上一层楼的风光无限！

在中国的画家之中，能够把多种颜色都用得很好的人并不多，画家能用好几种颜色已属不易，而周亚鸣却是最善于用色，把各种颜色左一笔右一笔加在一起，让人们知道什么是富丽堂皇。中国画的灵魂——墨，在他那里倒像是退到了次要地位，去了二线。

周亚鸣的山水，最适合挂在重要的庭堂场所，其山水的颜色和线条得传统金碧山水之精髓，是古典的，主观的，唯美的，是挂在那里要让人养眼的。水墨的氤氲之气已经全部被排除在外，其山水是岁月静好的浮光耀金，是理想中的富贵生活。昆曲就是要在这种氛围里搬演才会动人。周亚鸣的山水不适合挂在书斋，顶顶适合挂在客来客往钟鸣鼎食的庭堂。也只有他这样风范的山水才镇得住大庭大堂。唐代的三彩，简直就不是凡间器物，你把它放在哪里它都要一下子跳出来，所以，也只有唐代那浩大无际的风华富丽才镇得住三彩。唐三彩是大美，但要是把它放在小的地方，它便会变得俗艳。我认识多少朋友，他们的庭堂也好，他们的书斋画室也好，可以放宋瓷，可以摆明青花，但就是放不住唐三彩，唐三彩不是随便摆放的东西，要求特别可以托它的环境。周亚鸣的花鸟和山水在审美上与唐三彩有共通之处，从骨子里讲是大美。周亚鸣的花鸟山水不重在意境，也不重在情趣，而是重在"富丽大美"这四个字上，怎么说呢，"富丽大美"也是一境，而且来得更大。这"富丽大美"好就好在接近世俗，我以为接近世俗的美才是大美。好的小说也是这样，离世俗远的好小说，至今还没有见过！

看周亚鸣的花鸟和山水，我常想我要是个女人，手里就一定要有一把周亚鸣的花鸟团扇，即使是冬天也不会离手，是，走到哪里，就好看到哪里，也富丽到哪里。

看周亚鸣的花鸟和山水，无端端的，我还会常常想起汤显祖的《牡丹亭》。

就辞章而言，《牡丹亭》是华美而富丽，是让人感叹。

那一天天的"雨丝风片"，那一年年的"烟波画船"，却早已是，"遍青山啼红了杜鹃"。

说梅花

就我而言，只要说到梅花，样样都是好的。比如玩扑克，摸到黑梅花也觉着好，还有一本书，是早些年地下流行性质的，许多人都还记得，书名叫《梅花党》，这本书的内容我都已经忘记了，好像是脱不掉凶狠的残杀和阴冷的暗算，但书名却有几分雅——《梅花党》。所以书里的内容都忘掉了，书名却还木刻般记在脑子里。这都是因为喜欢梅花。梅花因为有几分像杏花，所以不少外国人还把梅花叫作"东方杏花"，这是一件令人生气的事，杏花怎么可能与梅花相比？

说到喜欢梅花，其实先是从诗歌开始，有两首古诗写梅花最好。一首是拗相公王安石的五绝：墙角数枝梅，凌寒独自开。遥知不是雪，为有暗香来。这首诗我真是喜欢。令我激赏的是拗相公与我有同好，都喜欢白梅。红梅是热闹，给眼睛以刺激，白梅是高洁，不着一点点颜色，天地间种种肮脏它一点点都不染！还有一首，也在那里咏梅，句式奇怪而好到十分，像是童谣，却是七言："一片两片三四片，五片六片七八片。八片九片十来片，飞入梅花都不见！"算算术一样把诗一路用数字写来，最后一句意境好到天上。

写的原来竟也是白梅，这首诗里的雪飞得很紧，如果松松落落有一片没一片地飘落倒不好了。很急很密的雪飞入那令我心生欢喜的白梅，这是多么好的意境！这就是诗，纯粹的诗，不能画成画，想必最好的画师亦画不来，如果拍片子，也没那韵味。好诗就是这样，那意境只能用一个一个汉字固定在纸上，只有在纸上才好，看不到，却要你想象，这就是文字的魅人处，无法替代处。还有就是陆放翁，他的多少好诗我都要放在一边，早上起来在南窗下习字，常常一动笔就写他那首《卜算子·咏梅》，说到习字，不是帖子和修养让我收敛且沉静，只是这首放翁的词让我一点都不敢张扬。尝见有人用草书飞扬跋扈地写这首著名的词作，心上便有些难过，那飞扬的草书只好去写岳飞的《满江红》。陆放翁的梅花开在黄昏时分的驿站外，那桥既然已经断掉，而且又无人去修，其寂寞可以想见，这首词是静，是孤独的徘徊，是极慢的拍子，一拍、一拍、一拍、一拍，和草书有什么关系？

北方没有梅，这就让人觉着北方真是不像话！好事怎么非得都让南方占尽？比如竹子，在北方亦很少见。但竹子还可以在北京和北方其他的一些地方看到，一律瘦瘦弱弱。而梅花却只在南方。北方如果有梅，也只在盆里，开起来清香亦不会少，但却没那真趣。南京梅花山上的梅简直是在那里布阵，布得起阵才会有大气势，有气势才会好看。梅花山上的梅，夜夜都要经受那苦寒，花在苦寒之中一点点做起，香亦在苦寒中一点点做起，才会给人带来喜悦。这喜悦又常常是让人有一点点担忧在里边，担忧夜里是不是会突然天降大雪，虽然梅花经得起雪，虽然雪会衬托梅花的风致。这"担心"二字便是深爱。中国人对梅花普遍都有那么一点点刻骨铭心。古人品花，梅总是第一品，这实实在在是人间公道！人人都知道冬天必定会过去，没见过历史上有留在那里不肯走开的冬天。但冬天尚未离开春天还没到来的时候，就在这个时间的小小夹缝里，唯有梅花冲风冒雪地开了，花朵是小的，谁听过碗大的梅花？梅花应该小，瘦瘦小小才见风致。尝见画家画大幅红梅，千朵万朵拥挤在一起像是着了火，是不得梅花之真趣！梅花盛开有盛开的好，而且让人知道好的事物总是短暂的，是须臾间的事，就是要你伤感乃至惆怅。苏东坡的那首诗："夜深只恐花睡去，故烧高烛照红妆。"明明知道是在写海棠，而我偏偏认为那高烛是应该照给梅花的，这样好的诗句，苏东坡怎么会写给海棠？诗人居然也会偏心！我总是认为，一切好的诗句都是要给梅花的。红梅、粉梅、绿梅、白梅。从颜色上分，南京梅花山上好像只有这四种。中国人干什么事情都喜欢排座次。《水浒》中一百单八个英雄居然个个都排到，一排一排前前后后地坐，就是不肯大家都坐一排或混坐，混坐其实最平等，我喜欢到大澡堂洗澡便如此，大家欢欢喜喜赤诚相见，管他谁长谁短！再说到梅花，你就无法排座次，红、白、粉、绿我认为都好，各有各的风韵。梅花是，全开的时候好，半开的时候也好，各有各的好。梅花开的时候，小小的花苞从米粒慢慢大到黄豆大，要经过多少风风雨雨，梅花也知道不莽撞才好，花开的时候先要让花蕊吐出来试探一下，古人画梅，常见花骨朵上点一蕊。风寒中的梅便是这样，先探出蕊来，这就和其他花不一样，然后才一点一点开起来，一旦开起来便不再犹豫，直至大放。谁见过开到一半又羞答答合拢的梅花？还有，许多事情都是有衬托才好，梅花却偏不要衬托，叶子是后来的事，把花开完了再说，所以梅花真是可爱。桃花却要手拉了绿叶一起登场，红红绿绿固然热闹，却不能像梅花那样让人感动。还有什么花敢于冲雪绽放？还有什么花能在风寒中抖擞它的那一缕刻骨的清香？这清香便是最好的宣言，只有在料峭的风寒里你才会读出梅的好。

梅花好，所以人与梅花的情感多多少少几近于恋爱。千里迢迢的非要去看它。甚至于，那个宋朝的处士林和靖，非要拉梅花来做他的妻子，"梅妻鹤子"，雅是雅，但我却认为不可以。梅花是一清到底，你可以向它好好学习天天向上，为什么偏要拉人家来做你的妻子？

春节的时候，我年年不换的春联是：春随芳草千年绿，人与梅花一样清。

没有梅花，能有这好句子吗？没有梅花，在冬天尚未离去春天还没到来的时候天地间只能是一派寂寞。这怎么能让人不喜欢梅花。

读英国传教士约翰·斯蒂芬的《传教日记》，里边记着他来中国的一些琐碎事情，比如关于小脚女人，他说中国人习惯把女人的脚趾在小的时候全部用手术弄掉，这是他作为一个旁观者隔靴搔痒的推测。约翰·斯蒂芬在中国待了六年，居然不知道中国女人是怎样把脚弄小的，这真是怪事。他在日记里还这样写道："中国人是喜欢梅花的，梅花开的时候便会有大批的诗人到梅花树下写诗喝酒，中国的北方还有另一种梅花，到了六月会结出很好吃的果子，果子的颜色黄黄的很好看。"

约翰·斯蒂芬所说的"另一种梅花"是什么呢？北方没有梅，和梅相去不远的只有杏，我想那应该是杏树。北方人一般是看不到梅花的，既然英国传教士约翰·斯蒂芬把杏花叫作另一种梅花，那么我们没有南方的梅花可看，也不妨去看看北方的"另一种梅花"，只不过这北方的"另一种梅花"来得要比南方的梅花丰肥一些，一如辛弃疾词里所写："昨日春如十三四女儿学绣，一枝枝不教花瘦。"

我作为一个北方人，看杏花也看了有三十多年，小时候是不懂看花的，只知道折花，折一大枝，在手里挥舞着玩，然后扔掉了事。懂得看花是后来的事，花开得正好的时候忽然来一阵好大的风雨，把开得正好的花打落一地，心里便觉得难过，这也是懂得看花的起始。我小时候的旧宅离公园不远，天气一天比一天热起来，往公园那边望望，公园里白白的一片又一片，我便知道那是杏花开了。

杏花最好看还是将开未开的时候，有一点淡淡的胭脂色，很娇气的样子。一旦大开，便白了，快开败的时候更白，这时候去公园，你会睁不开眼睛，花会晃眼吗？花就是会晃眼，晃得你硬是睁不开眼睛。

　　小的时候，我喜欢酸酸的杏子甚于喜欢杏花，扣子大的杏子简直要酸倒人的牙，但我偏喜欢吃。现在，我喜欢杏花甚于杏子，即使是最甜的京杏，我也不怎么喜欢吃，摆在那里看倒可以，找一只青瓷盘，摆五六枚红红黄黄的大杏子在里边，让人动不动想到海派画家来楚生的国画小品。

　　说到杏花，很喜欢陆放翁的"小楼一夜听春雨，深巷明朝卖杏花"。那真是富有诗意，我想那小楼不必太高，二层最合适，如果太高，十层八层就无法听雨了，只好听电梯的上下来去的声音。二层小楼，一个人独卧，整夜地失眠，想的却是第二天的杏花，这是多么不现实而又富有诗意，而富有诗意的事物往往就是不现实！陆放翁的诗让我们知道宋代居然也有卖花女，卖的还是杏花，用篮子放一枝一枝的杏花卖？还是推一车来大声叫卖？我以为还是挎个小篮子卖的好，推一车杏花卖太煞风景，卖花女郎也会累坏，不妨就在想象中买她篮中的一枝杏花，插在辽代黑釉的鸡腿瓶里，好看不好看？老画师齐白石有那么多的堂号，但我偏喜他的"杏子坞"，中国文字就是妙，如果是"杏花坞"，则会是另一种意境，却偏偏是"杏子坞"。但杏子坞已经把杏花包括了进去，无论什么树都得先开花后结果？世上有没有不开花便结果的杏树？也许爪哇国里会有。我觉得杏花也不错，如与梅花比，起码杏子要比梅子好吃，再说，杏花和梅花也相去不远，要不怎么英国人约翰·斯蒂芬会糊里糊涂把杏花说成是"北方的另一种梅花"。

　　这种说法蛮不错，北方的另一种梅花。

　　这样说杏花，也不知杏花会不会生气？

　　两者相比，我还是爱梅花！

富春山小记

到富春江边，第一件很想做的事就是看看富春江两边的山色。白天坐车，外边正下着雨，从车里所能看到的山上都是层层叠叠的树，既看不到"斧劈"，亦看不到"披麻"。到了晚上坐船再看，两边山色一如浓墨。第二天再去看富春山，满山的竹子和杂树让人觉得这里的绿真是好看，浓绿淡绿一层一层向天边推去，无处不是国画的意韵。朋友说若是有机会爬到山顶，从高处望望气韵独胜的富春山，也许差不多能让人领略一下黄公望笔下的意韵。

坐在山间亭子里，四处望望，真不知当年黄公望是怎样领略这一派大好山川的。富春山两岸的植被极好，让你根本看不到石头，即使上到山上，是否能看到《富春山居图》里的块块垒垒？也许你看到的依然只是各种的树和竹子。我们行走在竹林间，诗人立波说黄公望的筲箕泉到了，就在前边。我当下就痴住，感觉上是在朝圣了，路左手的下边，那一道溪水在乱石间奔跳，水真是清澈，溪水旁分明是一井，离井不远处是一亭，亭子一眼便让人明白是现在的建筑，但我宁肯相信它就是当年黄公望的亭，也宁肯相信那是当年黄公望汲水煮茶的井。井很小，已被竹叶杂草拥塞，用竹棍探探，分明可以深下去。想象当年有人来这里探望黄公望，想象他们在筲箕泉边饮起茶来，饮茶间黄公望还把他尚未完成的《富春山居图》展开指指点点给朋友看，这么一想，眼前的景物顿时便活起来，中午不觉多喝了些杨梅烧酒。

想象中筲箕泉应该是小小的一掬，怎么会是井？井与溪水之间相隔最多一米，古人会这样凿井吗？会在溪水的旁边再开一井吗？我想那口所谓的井就应该是"筲箕泉"。

黄公望的《富春山居图》是古典巨制，从小到大细细地临过几次，觉得《富春山居图》是写实，而不是四王的纸上山川笔墨符号。但如今要看富春山，我想也许还真要飞到天上去，航拍一样坐在飞机上朝下领略，领略这大好的——也许只能用国画来表现的山川胜景。

我甚至想，地方还真是应该开一个直升机航班，可以低低地飞，只为让天下人在天上看一下美丽的富春山。

左建春印象

　　我与建春是朋友，虽我比他大许多。

　　我与建春，同住一个小城近来却很少相见，大家都各自忙，偶有电话过来，问他正在做什么？他在电话里会告诉我他正在写什么帖什么帖，读什么什么帖，是左右不离临帖习字。而我每与他相见，大多在酒宴上，往往就不知为什么会争执起来，过后想一想，却还是喜欢建春的性格，世风虽日渐不古，建春性格的棱角却依旧不变。从不世故圆熟，保持着一介书生的耿直，有什么便说什么，让他忍也忍不住，他也从不肯隐瞒自己的观点。古人常说书如其人，或人如其书。左建春的字从不媚俗和甜腻，这与他的性格有很大的关系，由人到字再由字及人，是见性情的，是一致的，为人不甜不俗，其字亦是不甜不俗。能做到这一点，在当世，是一件极不容易的事。

　　有一次酒后去建春家，建春给我拉开一只抽屉，让我看抽屉里的泥人陶范。许多的泥人陶范。小时候我们都玩过那种泥人，狮子老虎或成套成套的戏曲人物，近二三十多年来这种东西好像见不到了，泥人陶范要经火烧，也就是入窑烧才能本身结实才能脱泥人，这种陶范是那些民间不知名的艺术家的作品。收藏那么多泥人陶范也可以看出一个人对过去生活的珍重和对民间艺术的喜欢。像这样的东西，过去许多人家都会有，但现在很少见，这也可以看出建春性格的另一面。其物虽轻却被主人珍重着。

建春给我看他的字，很多的时候是看他的小楷，用笺纸写，或用和笺纸差不多大小的纸写，写好再裱在一起。其小楷给我的印象是利利落落萧疏有致，字虽小，却有大字风范，这是极不易达到的境界。

建春的大字，特重笔力，起止提按均让人感觉每一笔都在心在意更在法度。说到书法，无法度不足观，拘泥法度亦不足观。建春的书法，师法古人，冬晨夏晚，枯坐以对古人法帖，以寂寥之心认真揣度古人笔法，其最近的书法拿给我看，其精神面貌，是运笔如椽，力破整齐，笔势得阳刚之美，咄咄逼人，是渐入古人先贤堂奥，正在慢慢形成自己。我个人写字，喜欢清简恬静，所以看建春的字辄心向往之。建春以前人的精神与法度滋养自己，其所受益，直接表现在他近来的书法作品里。在书坛的当下，以书法的风貌而言，建春是猛看一般越看越好的书家之一。

书法是线条的艺术，从古到今，千变万化，充满了让人永远对此无法不激动的魅力。书法一是要有个人的才情，二是要有非凡的领悟力。这二者，建春都有。因为书法已进入了他的生命，从古到今，要在书法上做大领悟大进取，非如此不可。

建春的字，能笔笔俱到，骨格峥嵘，不甜不俗。

骨格峥嵘，不甜不俗，也是左建春为人处世的风骨所在。

我和建春常结伴外出做散漫游，每到一地，他去的最多的地方是笔肆纸铺，每次去，均有收获，或一卷纸，或数支笔，如此而已。

魏碑二三子

　　前不久，杜鹃花女士来舍下说及津门孙伯翔老先生要来古平城大同与郜孝先生联袂书展，我不免将茶重新换过一遍，愿听其细说。关于孙先生的书法，向来是以北魏书风之笔震动海内。其绘画作品虽行世不多，每有所绘，其笔致亦往往令人叹服。如说到当下的魏碑书风，在海内，其功夫与精神气象恐怕无人能出孙先生之右，孙先生入碑功夫既深，出碑之面貌的非凡更是前无古人，虽已年近八秩，其运笔着纸功力非一般书家可比，其运笔间的"筑锋"和"绞锋"尤见功力，非但是有力而且雄浑奇肆！其以一千六百年前魏碑之气象妙造当代今日我之行书之意趣，更是对魏碑书法的有力拓展。完白山人曾说过这样的一句话："字画疏处可以走马，密处不使透风，常计白以当黑，奇趣乃出。"孙先生书法作品善于计白当黑，其留白处往往直入"真空妙有"之境，虽留白处处却气满庭堂。京剧名伶袁世海饰演曹操情态如生，人称活曹操。而孙先生写魏碑，其攫人心神处便是将魏碑参破与写活。虽随心所欲而又不失魏碑之雄浑高致。

　　古平城大同是早期魏碑书体揭橥之地，但出土魏碑实物寥若晨星，不过孙恪、王亿变、司马金龙、姬辰、皇帝南巡、封和突数种，凤毛麟角，实属可贵。出土物虽少，但平城时期魏碑之影响却是伟大且深远，试想如没有古平城的早期魏碑昭昭于前，很难想象南迁之后洛阳龙门诸品及猛龙张迁黑女之种种光耀千古的继承在后。孙先生来大同与邰孝先生联袂问展，不啻是一次对魏碑书法溯流而上的访问，其学术意义既已超越书法本身。其向各位看官展示书艺的意义，我以为也远远逊于当代魏碑书法巨擘向魏碑揭橥之地的大同拈香亲访。

说到邰孝先生，昔年曾住花园里的时候，我去朋友家看绿蕊白海棠，适逢朋友家壁间挂邰先生四尺对开《骑驴访友图》。笔墨韵致均大佳。当时窃以为邰孝先生必是画家无疑。及至后来，所能见到的倒都是邰先生的书法了。及至相识后，邰孝先生也从不提及自己的绘事。邰孝先生为人娴静少言，各种的场合，无分肃正的会议或朋友间娱笑的聚会，都不见他做策马向前之态，更从来都不见他拍案而厉声高言，态度从来都是淡然清和。

邰孝先生的娴静少言表现在他的书法之中便是疏淡闲和。但其匾额榜书却往往又能奇崛峥嵘兼以北碑的天真纵横，行笔十分充实活泼而飞动。但千变万化又不离温醇沉毅这四个字。邰孝先生退休之后的生活据说要比公务之时还忙，因为其夫人之久病，邰孝先生更是加倍地忙于执教和各种杂事，其中的繁难真是难与他人说，但百忙之中可以让他自娱的相信是书法，书法给他繁难生计中以无穷的乐趣。都说诗人苦或自苦，相信艺术家也很少有人整天欢天喜地，苦乃是人生的一大功课，对艺术家尤为重要，做足了这种功课，方可开出惊人的花朵。一如邰孝先生。

以邰孝先生书法的流丽清和相对孙伯翔先生书艺的雄浑奇肆，是这次书展的好看所在。

高山崔嵬，流水婉转，二者相对，岂不美哉！

长风吹海日

在二月书坊初见弘石，印象中他像是不怎么爱说话。当时他正在为怀一主编一份与美术有关的报纸，所以整天总是在忙。因为做主编，当然所有与报纸有关的文章、图片乃至版式，或小到字形与字号的事情都要他一一经手过目，是琐碎繁忙。那天我去二月书坊看怀一新栽的菖蒲，他看到我，一把将我拦住说正好请我来做一回访谈，那天人也不多，恰合适谈话，便坐在那里，每人一杯清茶徐徐谈起，其间说东道西均不离文学与书画，当时令我吃惊的是弘石的阅历和学识竟然十分地宽阔，而且往往可以直击重点，尤其是他对中国当下文学的熟稔更让我吃惊。他所问到的问题是十分丰富，有时倒要我认真地想良久才答得上。后来他从日照的海边赶过来看我，已是三四年后的事，我请他吃饭，那天下着雨，店里客人既不多，所以我们交谈甚是欢洽，饮酒间，弘石忽然兴起，同桌的人是毫无准备，他猛一击桌子，厉声说起山东快书来，是声震梁栋或屋顶上的瓦片都要为之跳动，只可惜现在的酒肆没有瓦片，要是有，也许要掉下几块儿，当时让我感到这就是齐鲁之声。唯有齐鲁之声才能如此让人震动，吴越之声，或燕赵之声恐怕都不行。弘石是一个既沉稳而又见性情的人。只不过他近几年胖了些，看着他，让人顿感时光之易逝。在这个世界上，能做成大事的人毕竟不多，即使是做小事，也不那么容易，而往往是，大事也好，小事也好，事情还没做多少，人已老去。不知有多少人，几乎都是在"人不寐，将军白发征夫泪"这样的情境中做无奈奔突。世事纷乱如此，倒不管你是"将军"还是"征夫"。

在这本以访谈为主的集子里，更可以看到或揣摩到的是弘石的精神气象和学问所在，一个人在那里发问，另一个人在那里回答，看似简单，其实不那么简单。都有学问和脾性在里边。说到访谈，一般来说，问的人最好要比答的人高一筹，若出问便是"小儿科"，双方便很快会感到索然无味，再问下去，也许要相对无言唯有川流不息地喝茶了。这本书是弘石访谈了许多国内名人之后的"集腋成裘"之作。这本书的好，予以为就好在可以让人看到许多文化名人或作家画家艺术家们的"隐私"，在别样的文章里看不到的东西在这里几乎都可以看到，这就是访谈的好。作为人类，几乎是，人人都有那么一点点"窥私"之癖，这本书的好就是可以让感兴趣的读者一窥艺术家们的生活之私、思想之私和艺术之私，比看一幅画或一篇介绍性的小文都有意思。其妙处还在于：一个人怎么问，另一个人怎么答。一问一答，机锋所在，往往能开人心智或博人一笑，或学术的引申也会在不经意的瞬间问答中如击石出火，让人不能忘怀。这完全基于一个人的学养和思维的敏锐。弘石的机锋是出自思维而不仅仅是嘴上的说辞。

弘石的笑没有过渡，说到有趣处，很认真的一张脸，忽然咧开，当然是嘴，猛然笑起来。不像有些人的笑像是一朵花，是慢慢开放。他的猛然，也就像他于人毫无防备的情况下突然说起他的山东快书来，往往让人精神一振。那一次我在二月书坊，已经喝多了，弘石非要我写字，是"近海楼"这三个字。因为酒醉，我错把"楼"字写成了"屡"，"近海楼"是弘石的书房兼画室。我希望他的"近海楼"打开楼窗真可以看到辽阔的大海，看到大海千万叠的浪。弘石告诉我"日照"的意思就是最早能被太阳照到的地方。查查地图，果真是这样，这个地名让人感到温暖。弘石现在还住在日照，日照不但有弘石，日照还出好绿茶。

想了不止是一次了，春天好风好日的时候我要赶到日照去喝一回好茶，找一个可以看到海的楼窗，要一壶日照的新绿，或就再听弘石说两句山东快书，这是一件让人快意的事情。再回到这本访谈集——人生的智慧往往一如击石出火闪烁即逝，但存留在这本集子里一问一答笑谈中的机锋都注定不会因为某人的突然离去或老去有所改变。

人生真是短暂！所以这本书才更加珍贵。

是为序。

香与生活

陪朋友去平遥，晚间临窗小酌，朋友问我对平遥的印象，我直话对他说，像平遥这样的小城，一没有云烟之气，二没有山林之色，我不会喜欢，苏州和杭州就好在小桥流水云烟氤氲，梅竹之外还时不时会有块太湖石立在那里让人养眼，平遥城，除了浓浓的商业气，剩下的，也还只是浓浓的商业气，之外像是再没有什么别的，要说登城墙，也最好去南京，老金陵的每一块城砖才都是历史。这一晚，喝完酒写字，我向来不善写大字，但也写了。睡下再起来，没有蚊香，把平林送的檀香点了一支，平林自己做香，粗短恰像他本人。檀香的味道很好闻，真正的印度老山檀有股子奶香，怕是没人不愿闻。

香在中国的历史悠久到不好说，一种说法是始于先秦，我以为这种说法大值得商榷，好闻的东西大家都喜欢，先民用火离不开各种植物，认识香草应该是更早的事情，就像先民认识石头，应该早在石器时期之前。汉代的博山炉真是创意人好，炉盖设计成叠叠群峰，香烟从群峰间冉冉而出，真是诗意得很，亲近大自然远不是现在才被提及的事，面对博山炉而让人想象群山起伏烟雾缭绕，汉代真是个伟大的时代，明代的狻猊香炉，也就是那么一个传说中的独角兽，头朝后仰，大张着嘴，让烟从嘴里冒出来，论创意，不能与汉代的博山炉相比。

檀香在中国可以说是"家喻户晓"，有一阵子，几乎所有的香都像是在使用"檀香"这个牌子，去饭店的卫生间，会有一支檀香点在那里，慢慢冒着烟。家里味道不好，也会点一支檀香。有一种香皂，现在不大容易见到了，是檀香皂，味道让人闻着亲切。据说毛泽东每写完毛笔字洗手，还认为用檀香皂是一种浪费，要身边的人给他换肥皂。我的小弟，喜欢旧的东西，现在还坚持要用中华牌牙膏和檀香皂，现在虽有这种牌子，但已不是以前的那种东西，唯有上海的硫黄皂和颜色红红的药皂到现在还保持着以前的样子，让人倍感亲切。让人觉着时光在倒流回去，又让人看到记忆中的山清水秀。

说到香，说到点香必用的香炉，我现在忽然很喜欢时下到处可见的那种小可一握的瓷电熏炉，完全是大众化的，方便而实用，只要通上电，调好你想要的温度，不管越南芽庄还是老山檀，马上便会香气馥郁起来。我想丰子恺先生若是还在，也一定会喜欢上这种香炉，而且不用担心香灰的质量好坏，用隔炭法品香，碰上香灰质量差，你品香的时候也只能连香灰的味道一起接受。电熏炉好就好在没有什么其他味道，而且方便洗涤擦拭。如温度调到最好，香是一点一点发散开，写作的时候，有这样的香闻，真是很享受。而且要比用印香炉节省香粉，印香塑字，即使是笔画最少的一笔，简化"云"字，也不是一勺两勺香粉可以完成。而电熏炉却是极其节省，放一两小勺香粉可以慢慢熏老半天。沉香不是今天才贵起来的，沉香的身份是自古就贵，也应该贵，一般人根本点不起，市面上像是到处都有沉香在卖，但里边也许连一点点沉香都没有，真正的沉香，能闻到就算是福分。一般人点不起沉香，但老山檀还是可以每天烧一点的。停云香馆去年寄来的香粉虽是香粉也算是合香，闻起来很好，层次多了一点，更加丰富一些。合香的好处就在于香的层次丰富，一把胡琴的伴唱与整个乐队的伴唱毕竟是不一样。但烧沉香，我还是喜欢单品一点点沉香，沉香的香，从开始到结束，变化极其微妙，简直可以说是奇妙无比，我品沉香，不敢请朋友一起来品，怕坏了沉香的道场，香是一个人的，无须旁人品评。好茶也是这样，也是一个人的。

中国民间大众的闻香，向来随便，也不必故作高深而制订种种规矩让大家遵守，也不必大家集在一起高考一样闻过记下再猜一下是什么香。烧一点好香，读一本好书，一边读一边感受，想必是最好的休息。我们在生活中，有时候最好的态度就是要让自己放松，对香的态度也应该是这样，你把它点着，随它袅然。古人所说的"听香"，便是一种放松法，当香烟袅然的时候，你把注意力转到耳际，用耳去"听"，把鼻子暂时忘掉。这时候的品香才最放松最自然，如果有意去闻，把力量和心思都集中在鼻端，太有心，这一炉香便算是浪费。

大众对香的态度是，香烧在那里，人还是该做什么就去做什么，香是不经意地袅然而来袅然而去，人是不经意地走过来或再走过去，这才是香之正道。

荷花记

有朋友请我喝"莲花白",先不说酒之好坏,酒名先就让人高兴。在中国,莲花和荷花向来不分,莲花就是荷花,荷花就是莲花。但荷花谢了结莲蓬,没听过有人叫"荷蓬"的,从莲蓬里剥出来的叫"莲子",也没听人叫"荷子"的。荷花是白天开放晚上再合拢,所以叫荷花——会"合"住的花。我想不少人和我一样,一心等着夏天的到来也就是为了看荷花。各种的花里,我以为只有荷花当得起"风姿绰约"这四个字,以这四个字来形容荷花也恰好,字里像是有那么点风在吹,荷花荷叶都在动。

荷花不但让眼睛看着舒服,从莲蓬里现剥出来的莲子清鲜水嫩,是夏季不可多得的鲜物。如把荷花从头说到脚,下边还有藕,我以为喝茶不必就什么茶点,来碗桂花藕粉恰好。说到藕粉,西湖藕粉天下第一,有股子特殊的清香。白洋淀像是不出藕粉,起码,我没喝过。那年和几个朋友去白洋淀,整个湖都干涸了,连一片荷叶都没看到,让人心里怅惘良久。说到白洋淀,好像应该感谢孙犁先生,没他笔下那么好的荷花,没他笔下那么好的苇子,没他笔下那么好的雁翎队,没他笔下那么多那么好那么干净而善良的女人们,人们能对白洋淀那么向往吗？在中国文学史上，孙犁先生和白洋淀像是已经分不开了。一九八一年天津百花社给孙犁先生出八卷本的文集，我拿到这套书的时候，当下就在心里说好，书的封套上印有于非闇的荷花，是亭亭的两朵，一红一白，风神爽然。这套书印得真好，对得起孙犁先生。于非闇先生的画也用得是地方。画家中，喜欢画荷花的人多矣，白石老人的荷花我以为是众画家中画得最好，枝枝叶叶交错穿插乱而不乱，心中自有章法。张大千是大幅好，以气势取胜。而黄永玉先生的红荷则是另一路。吴湖帆先生的荷花好，但惜无大作，均是小品，如以雍容华美论，当推第一。吴作人先生画金鱼有时候也会补上一两笔花卉，所补花卉大多是睡莲而不是荷花，睡莲和荷花完全不是一回事，睡莲是既不会结莲蓬又不会长藕，和荷花没一点点关系。有一种睡莲的名字叫"蓝色火焰"，花的颜色可真够蓝，蓝色的花不少，但没那么蓝的！不好形容，但也说不上有多好看，有些怪。

夏天来了，除绿豆粥之外，荷叶粥像是也清火，而且还有一股子独特的清香。把一整张荷叶平铺在快要熬好的粥上，俟叶子慢慢慢慢变了色，这粥也就好了，熬荷叶粥不要盖锅盖，荷叶就是锅盖，喝荷叶粥最好要加一些糖，热着喝好，凉喝也好，冰镇一下会更好。荷叶要到池塘边上去买，过去时不时地还会有人挑上一担子刚摘的新鲜荷叶进城来卖，一毛钱一张，或两毛钱一张。现在没人做这种小之又小的生意了，卖荷叶的不见了，卖莲蓬的却还有，十元钱四个莲蓬，也不算便宜。剥着下酒，没多大意思，只是好玩儿，以鲜莲蓬下酒，算是这个夏天没有白过。有人买莲蓬是为了喝酒，有人买莲蓬是为了看，把莲蓬慢慢放干了，干到颜色枯槁一如老沉香，插在瓶里比花耐看。夏天来了，除喝花茶之外，还可以给自己做一点荷心茶喝。天快黑的时候准备一小袋儿绿茶，用纸袋儿，不可用塑料袋，一次半两或一两，用纸袋儿包好，把它放在开了一整天的荷花里，到了夜里荷花一合拢茶也就给包在了里边，第二天取出来沏一杯，荷香扑鼻，喝这种茶，也只能在夏天，也只能在荷花盛开的时候。

我喜欢荷花，曾在漏台上种了两缸，但太招蚊子，从此不再种矣。

那年去山东蓬莱开会，随大家去参观植物园，看到了那么一大片的缸荷，有几百缸吧，一缸一缸又一缸，人在荷花缸间行走，荷花比人都高。荷花或白或红或粉，间或还有黄荷，但也只是零星的几朵。我比较喜欢粉荷，喜欢它的娇娜好看，让人想到娇小妙龄的女子，白荷和红荷却让人没得这种想象。刘海粟和黄永玉二位老先生到老都喜欢画那种大红的荷花，或许是岁数使之然，衰败之年反喜欢浓烈。红还不行，还要勾金，是更烈。

一九五八年的麻雀

　　我父亲把麻雀叫作"家雀儿"，之所以在雀字前面加了一个家，也许因为麻雀喜欢住人家的房檐，所以也招人烦，叫得让人烦。我现在住的顶楼的瓦片下就住着一窝麻雀，那片瓦稍稍朝上翘了一点，那窝麻雀就因地制宜地住在这片瓦的下边，我每天从窗里看着那两只老麻雀忙来忙去，但就是看不到小麻雀露面。那天有工人上来修房顶，我忙对他说"别踩那片瓦！"那个修房顶的工人说他已经看见了，那两只老麻雀急得什么似的，在不远处飞来飞去。还有一天下大雨，我站在窗子前看着那片稍稍翘起来的瓦，看着雨水"哗哗哗哗"在上边流，我想瓦片下的那麻雀一家子日子肯定不怎么好过，那瓦片之下，一共有几只麻雀？两只老麻雀，再加上几只小麻雀？三只？四只？白天日头那么毒，它们热不热？

　　麻雀是鸟类，它们不会写历史，如果它们会写历史，那它们一定会对人类充满了不满，饭店里有一道菜是"椒盐油炸麻雀"，一盘子上来，顷刻便会被人们吃光，是嚼之有声，"咯吱咯吱，咯吱咯吱，"麻雀小，一下油锅，连骨头都酥了。这种东西我向来不吃，我也不知道那么多麻雀是怎么弄来的？

人类对付麻雀是有经验的。古时的人们向来认为麻雀是性欲旺盛的家伙，可以大大地把人类的阳壮一下，让人们普遍地兴致勃勃起来！"雀脑"是著名的壮阳药。八大山人是观察过麻雀的，在他的笔下，一只小麻雀，发了情，夺着翅膀，翘着尾羽在那张价格想来应该是十分不菲的纸上跳叫。八大山人的观察能力真是非凡。麻雀不会写历史，如果会写历史的话，一九五八年对麻雀来说是个十分坏的年头。麻雀的名声在那一年算是坏到了家。人们不但把麻雀归到了"四害"里边，而且排在最后一个。那一年人们要灭绝麻雀，但终归无法灭绝，至今麻雀依旧四处跳叫生机无限。我个人比较喜欢听麻雀叫，早上，是一片声的合唱，在太阳刚刚升起来的那一刹那，麻雀会一片声地叫起来。晚上，麻雀会落在树上叫，也是一片声地叫。郑板桥好像也喜欢听麻雀叫，他在他的一封信里还说过养鸟的最好办法就是种树，有树鸟就有好日子过。但也有人不喜欢麻雀的叫声。有回忆文章说毛泽东总是晚上不睡白天睡，早上就得有人站在丰泽园的树下赶麻雀，用一个长竹竿子，上边绑块布条子，那时只能赶，又不能打枪，又不能大喊，更不能用机关枪和原子弹！我想毛泽东是讨厌麻雀的，昔年读毛泽东的诗词《念奴娇·鸟儿问答》，那诗里的"雀儿"，虽没写明是什么鸟儿，但我马上明白那一定是麻雀。麻雀有那么让人讨厌吗？人们把麻将又叫作"雀牌"，是嫌它吵，洗牌的时候可不是吵，半夜三更，简直就像是一群麻雀在叫，尤其是在夜间。这是一种对"雀牌"为什么叫"雀牌"的上海方面的解释。

宋人画麻雀画得真好，曾见宋人的《竹雀图》，竹、雪、麻雀，年代既久，颜色脱略，却让这幅画更加耐看。我以为，工笔的麻雀要比写意的麻雀来得好，但当代画家画工笔的麻雀的很少。"雀"与"爵"几乎同音，古人多画"麻雀"，其用意不难诠解。

我看到过一九五八年的一幅老照片，几个人站在一个很大的"什么堆"旁，看照片说明，再仔细看那个"什么堆"，才知道那"什么堆"原来就是死麻雀堆。看这样的照片，令人内心戚然。

小时候我养过麻雀，麻雀的小爪子最娇嫩且怕热，所以不能用手去握它。麻雀吃虫子也吃粮食，但如果有虫子，它就不吃粮食，道理十分简单，虫子毕竟是肉。麻雀不是候鸟，冬天来了，它们也不搬家，到了大寒，麻雀像是不知道都去了什么地方，也许都冻死了？其实它们还都活着。倒是下大雪对它们不利，连日大雪，麻雀找不到东西吃，飞来飞去，跳来跳去，然后不动了，躺在那里，一顺儿，两只粉红色的小爪子朝后蹬，也是一顺儿，死了。让人心里感到戚然。

最好听的声音莫过于雨后，太阳出来，满林子的麻雀一齐放声喧叫，好听！不管是谁，睡不着觉是自己的事，与人家麻雀有什么关系。

乐为纸奴

幼时写字，麻纸之外没有什么别的选择。

小城有几家纸铺，张纸铺、李纸铺、王纸铺、金纸铺，开纸铺的姓什么就叫什么什么纸铺，亦好记。麻纸是几毛钱一刀，民间的刷房打仰尘，账房的写账记事，学生写仿描红都是麻纸。好的麻纸正面写了还可以反面写，也从没听过谁把纸写烂的，不像现在的纸，下笔重一些便是一个洞。过去的麻纸，一张纸两面写完还不算完，写完字的纸会被人拿去裱东西，新做的箱子要裱里子，用的就是这种两面字的麻纸，打开箱子，亦是墨香。

习惯一般都是从小养成，及至长大想改也不大容易。我现在写字仍用赤亭纸，赤亭纸又名元素纸，原料是用嫩竹子，江南不缺竹子，而这种以竹子为原料的纸做得最好的要数浙江的富阳。富春江边既多竹，水也好。所以我只迷信富阳的赤亭纸。会千里迢迢地托人去买，而且是买了又买。即使是现在，我用这种不算贵的纸写字，还是先用淡墨写一回，写完这面再用淡墨写另一面，然后再用浓一些的墨写，写完这面再写另一面，一张纸最少写四次。纸其实是最应该珍惜的东西，现在的宣纸越来越贵，是理所应当的事，应该贵。道理是原材料既贵且日渐稀少，还不说造纸要用大量的水，所以不应该浪费纸。我平时练习写字画画从不敢用宣纸，即使现在，用得起也不敢用，对纸像是有些敬畏，纸不过是纸，何以谈敬畏？这是没办法的事，每有新纸送来，用手摸摸我亦会感动，自己都会觉得自己真是岂有此理。

二十多年前曾有沈阳旧友送我三张乾隆年间的丈八宣，二十年下来，那一卷老纸被我经常地摸来摸去就是不舍得用，曾有人提出要用这清代老纸给他作画，平时不爱生气的我竟然一下子就生起气来，莫名其妙地自己坐在那里跟自己生了好一阵子气。气过，喝茶，一边喝一边在心里问自己为什么？忍不住又笑。曾经小心翼翼裁了条乾隆老纸的纸边试了试笔，忍不住叫起来，是熟纸啊！我一般不用熟纸，放在那里也没什么用，但即使是这样我也不舍得用，这样的纸放在那里凭空让自己觉得富有。去年有人传话过来要买这三张乾隆丈八，我无端端又生起气来，像是对方已经气着了我，我对人家大声说："不卖！"稍停片刻又说："就是不卖！"对方竟忍不住笑了起来。

我平时用纸，根本就不会动辄使用宣纸，诗人石三夫去年于西湖边上送了两刀红星给我，发寄回家打开看了一回即刻又封起，就像是买到了几本好书，一时要心慌意乱的，是一本也看不到心上，到心定后才能慢慢看起。我平时练笔根本就不会用宣纸，更甭说红星牌宣纸。麻纸呢，现在也很少见了，即使有卖，也单薄不受笔。麻纸的原材料其实不少见，曾去乡下纸坊看做纸，一捆一捆的麻秆儿先都沤在坊前的河里，要沤很长时间，然后才可以把皮剥下来做纸。老麻纸的质量不是现在的麻纸可比，画家粥庵喜用老麻纸，曾四处托人寻找，巴掌大也是宝，但收效甚微。好的老麻纸闭上眼用手摸，细润而有筋络。

小时候曾用父亲的绘图纸作画，先把很厚的绘图纸用水润一遍，然后再画。那时候有宣纸也不给你用。我一生气，把父亲的维纳斯牌绘图铅笔拿来送人，据说这种牌子的绘图铅笔新中国成立前要两块大洋一支。

我曾请朋友治一朱文小圆印，印文二字为"纸奴"。

若再刻，不妨再加二字"乐为纸奴"。

白石老人的昆虫世界

　　近百年，或者简直可以从瘦金体的宋代一直说到现在，白石老人无疑是画草虫最好的画家之一。白石老人的魅力在于他的兼工带写，写意的花草蔬果与工笔的草虫，二者相对，笔墨情趣，相得益彰。那一年，我十八岁，对古都的北京还不十分熟悉，背着一个小挎包，一头的汗，好不容易找到了跨车胡同，是，很一般的那么一个四合院，是，很一般的那么一个小院门，门左墙上镶一块白石，上镌四字：白石故居。当时我激动地想一下子就进去拜一拜，看看白石老人的画案或画案上应有的文具，但院里的人神情都十分地冷漠，现在想想，去跨车胡同拜访白石故居的人一定很多，住在这院里的人，想必应该是白石老人的后人，一年三百六十五天不知要受到多少进进出出的打扰，想清静亦不可得。就像我后来与天姥山的朋友永富去黄宾虹老先生杭州栖霞的故居，院子里的人，想必也是黄宾虹老先生的后人，神情也是冷冷的，现在想想，可以理解，一家人过日子，未必非要穿金戴银，但"岁月静好"这四个字是一定要的。

　　北京的老四合院，一年四季，风霜雨露，花开花落，蝴蝶啊，蜻蜓啊，蚂蚱啊，知了啊，蛐蛐啊，该有多少的草虫可看，北京的老胡同里到了夏天还会让人看到很多紫得吓人的扁豆，扁豆是紫的，但花却是红的，好看。还会看到凤仙，凤仙的好看在于它几乎半透明，用北京话是"水灵"，所以才好看。白石老人画过不少这类东西。在北京，到了秋天还有老来红，开花红紫一如大鸡冠。这些东西老人都能看到。老人画草虫，喜题"惜其无声"，或一片怜爱之心地题"草间偷活"。白石老人所画草虫多多，连臭虫和屎克郎都画。老人曾画屎克郎，上边题曰："予老年想推车亦不可得。"屎克郎滚动粪球和老汉推车相去大远，一个头朝前，一个要头朝后。所以有人说白石老人这是隐语。此画虽无明确年款，但就书法风格和画风而言，当是白石老人八十岁后的作品。八十岁的老人不宜去"推车"或"挑担"，怎么说呢，或去"拔葱"。

白石老人看大风堂主画知了，知了头朝下，便对大风堂堂主说，知了无论落在哪里头都一定要朝上。而白石老人自己画知了也常常头朝下。白石老人画蝗虫，大多头朝左，为其手顺。老人画虾，鲜有头朝右的，大多头朝左，也是为了手顺。鱼也这样，大多都一顺儿朝左边去，有头朝右的，但很少。小时学画，朱可梅先生一边笑一边对我说这些事，说多画一些头朝右的，不要到老养成毛病改不了。四十年过后，现在画册子，不才笔下草虫朝左朝右，居然手顺。朱可梅先生教予画草虫，每每以一字论之，画蝼蛄要把气"沉"下去，画蚂蚱其气要往上扬，画蛐蛐要取一个"冲"字，画蜻蜓要"抖"，画蝴蝶要"飘"。亦是对白石老人草虫最好的总结。

白石老人的画是越简单越好看，草虫册子便如此。白石老人画一青花水盂，盂里一小水虫，在游动。白石老人画蜘蛛，是画肚皮那边，交错的几笔，就是蜘蛛，不用说明。白石老人画草虫得其神。工笔草虫太工便死，爪甲须眉笔笔俱到，神气往往会一点全无。白石老人之工虫，虽工却有写意的味道，老人善用加减法，虽是工笔，但该加则加，该减则减，虾的腿多，老人只画几笔，愈见神采。老人画蟋蟀，画苍蝇，虽小却神气毕现，像是马上会弹跳起来。老人画蚂蚱，前边四条小腿上的小刺全部减掉，是更加好看，而画灶鸡，却把腿上的毛刺夸张出来，是愈见神采。这便是艺术。说到小小的草虫，白石老人像是特别看重自己笔下的蜜蜂。白石老人一生曾多次自定笔单，一九二〇年所定的笔单是这样："花卉加草虫，每一只加十元，藤萝加蜜蜂，每只加二十元，减价者，亏人利己，余不乐见。庚申正月十日。"这蜜蜂，当然是飞的那种，近看，是浓浓淡淡一团，远看，嚯，一只蜜蜂正飞过来。

白石老人题草虫"惜其无声"，是自赞一语。

白石老人题草虫"草间偷活"，或亦是自况，却让人味其酸楚。

宽堂先生

　　冯先生是性情中人，你请他写字，他未必就会给你写，有时候你没请他写，他倒会写给你，冯先生名重天下，片纸只字，往往被人奉为至宝。第一次去通县芳草园看冯先生，天下着雨，去到冯先生家天已黑了，照例是，坐下说话喝茶。在冯先生家左手的那个小客厅里，厅不大，东墙是书架，架上满满都是书。窗子在南边，看得见窗外那块两米多高的太湖石。北墙上挂着谭凤环画的古代仕女，像是仿陈老莲。冯先生招待客人一般都在这个小客厅。那天走的时候，外边雨还没停，是冯先生叫的出租车。后来再去，常常会坐到冯先生的工作室里说话，冯先生的工作室在一进门右手，这间屋子比较大，会客室里边还有一间小室，放着各种书籍和画框，但那个门常关着，很少有人能进到里边去。冯先生的书案，或者也可以叫画案吧，既宽且大，案上放着很大的笔架，各种的笔，当然，还有牦牛的尾巴。冯先生的画案看上去乱却有情趣，案上有瓶，瓶里插着枯干的芦苇，有时候是枯干的荷叶和莲蓬，还有绿萝，当然，绿萝是活的，从瓶里爬出来，再慢慢爬到别处去。冯先生正在画或已经画好的画都在案子前边放着。冯先生的画有很大的气魄，冯先生笔下的瓜是自成一路，这边扫一笔，那边扫一笔，上边再两笔，功夫老到，气韵独绝。冯先生的堂号之一是"瓜饭楼"。冯先生幼时家贫，粮不够，只好以瓜代之。所以有时候去，偶尔可以看到冯先生的案头放着一个或两个很大的南瓜，南瓜的颜色很好看，朱红，或是那种浅灰绿，都很触目，是人们送冯先生的，清供一样摆在那里，想必是看一阵子，然后再入厨入馔。冯先生的堂号"瓜饭楼"很特殊，以"饭"字入斋堂号的本就不多，所以，冯先生也爱画瓜。而且是一而再，再而三地画。有一阵子，冯先生热衷于搞笔墨探索，直接用大红大绿画瓜，或者用大红大绿画山水，或是画大红大绿的植物，是印象派的感觉，十分特殊，前无古人，让我于心里觉得感动，感动于冯先生艺术生命力的旺盛。冯先生的画是真正的文人画，以意取胜，笔简意不简，笔法生辣，所以耐看。画瓜的画家很多，但冯先生画的瓜挂在那里有与众不同处，会让人一眼明白那就是冯先生画的，并不要说明。冯先生的书架亦很阔大，书架上放的更多的东西是各种古时的瓶瓶罐罐。记得有一次随冯先生去古玩市场，冯先生的眼力真是好，几件东西一上他的手，样样都对。若放在摊上，又往往会被人忽略掉，这就是眼力与学养。冯先生来我家，一眼看到我案上的撒金明炉，我想送先生，但至今尚未送出，因为是家大人的遗物。有一次我拿画给冯先生看，冯先生问上边的闲章是什么意思，那时候我多画牡丹，用赤亭纸，勾线，胭脂白粉层层叠加，很好看。那幅画上的闲章是四个字：好色之徒。先生听了，像是有点不高兴，说："章不要乱用。"

冯先生年轻的时候酒量想必很好，也善饮，他的画上就有"酒后醉写"之类的小题跋。那一次，因为我出国，有一年多没见冯先生，见到先生，无法不高兴，也是一时太高兴了，便敬先生一杯酒，冯先生一激动，一杯酒喝下去，马上就大声咳嗽起来，酒已经呛在了气管里，周围的人都吓坏了，冯先生也被马上送到了医院。冯先生现在已经不怎么喝酒，但他的小餐厅里放着许多好酒。记得有一次在冯先生那里喝小茅台。我向来不喜欢喝茅台和五粮液，一般喝酒总是要汾酒，而且是高度，但在冯先生家里喝酒，是什么酒都好！那天冯先生也喝了点。吃过饭，又上楼看书。冯先生的家里只是书多，楼上，楼下，都是书。冯先生的院子里有一株蜡梅，春天会开出娇黄的花来。有一次去，在一进门的地方，两盆盆梅正在开，一红一白，很香。

冯先生是个热爱生活的人，冯先生是童心常在的人。

冯先生去西域考察，真是壮哉。是"老子犹堪绝大漠"的气概。

不见冯先生又已近一年，十分想念冯先生。今年春天，我想，也许就在南边的露台上种几株南瓜，心里想着，也许要向冯先生讨几粒瓜种，冯先生案头的南瓜那么大，那么好看，朱红的好，灰绿色的也好，都好。

先生姓朱

我的父亲好客也好酒，那时候总是有人来和父亲喝酒，总是已经很晚了，父亲和他的朋友还在喝，朦朦胧胧中听着都是些东北的口音，所以我这个东北人到了后来对东北人没什么太好的印象，嫌他们话多，夸夸其谈。而我父亲的朋友中有一位很瘦，北京口音，后来成了我的老师，便是朱可梅先生。朱可梅画花鸟草虫，那时候的朱先生穿中山装，衣服口袋里总好像装着什么，鼓鼓囊囊。有一次他从口袋里掏出两个果子，我以为他要吃，或给我吃，但他看了看，又放回口袋。有一次他口袋里放着一个玉米棒子，那时候鲜玉米刚刚下来。

我跟朱先生学画的时候已经十三岁。去了，也只是看他画画而已，不画素描，也不画速写，去了，可以翻翻书，都是些老画谱。窗台上，还有那两个衣柜上都放着些书，衣柜上还有个青花的胆瓶，里边插着一把掸子。朱先生对我说，我画画儿，你看就行。我就站在那里看。朱先生画画儿一般都站着，但画草虫就必坐下。他用生纸画草虫，一边画一边说第一遍勾线要淡，笔上的水分要最少。我就站在那里看朱先生勾线。朱先生勾很细很淡的线，很快。然后是施色，用一支小号儿羊毫，一手使笔，一手是一块儿叠成小方块的宣纸，火柴盒那么大一块，一边施色，一边马上就用这小纸块在纸上轻轻按一下，不让颜色跑出去。朱先生画工虫很快。但颜色总是要上好几遍，一只虫子就在纸上了，然后再用深一点的颜色现把线勾出来。如画蚂蚱，须子是最后画，从须子的根部朝外挑。朱先生的这两条线勾得很好，他自己也得意，说：你看看这线。又说：颜色不要上闷了。

后来，朱先生让我给他磨墨，我磨好，他试一下，用墨铤再磨一下，说还不行。我就再磨。朱砂也要研，先把水兑进去再不停地研，研得差不多，先生说别研了，再研就坏了，然后先生再把胶兑进去。一边兑一边用笔在朱砂里蘸一蘸，说好了，或说你看这就不行。用朱砂画雁来红，画完朱先生就会把纸马上反扣过来。说这样颜色就不会往后边跑。有时候画干了，朱先生会在纸的背后再把笔一跳一跳地补些朱砂，朱先生的雁来红很好看，颜色好，但不是一大片，通透。朱先生对我说，别画得让人喘不过气来。朱先生把叶子与叶子的空隙留白处叫"气眼"。朱先生画桃子，先在纸的背后用藤黄和赭石调好的颜色打一下底，然后再用胭脂从正面画，一笔，两笔，三笔就成。朱先生的桃子很饱满。朱先生反对学中国画画素描，朱先生自己就不画素描。朱先生画葫芦，总是从葫芦屁股那边画，朱先生画蝈蝈从不画绿蝈蝈，只用赭石画麦秆儿颜色的蝈蝈，朱先生说绿蝈蝈红肚皮不好看。朱先生的小小画案上放着一个火柴盒子，火柴盒子上用大头针扎着一只蝈蝈，这只蝈蝈在朱先生的画案上放了许多年。朱先生画画总是先看纸，把白纸挂在立柜旁边墙上的那根铁丝上，一看就是老半天，嘴一动一动。朱先生对我说，要把纸上的画看出来再画。画完这张画，还要把它再持在那根铁丝上再看。朱先生说画平放着看有时候是虎，挂起来却是一只猫。

我跟朱先生学画，是从帮着裁纸，磨墨，兑颜色开始，朱先生最喜欢的画家是齐白石，他不怎么喜欢王雪涛，他说吴昌硕太灰，任伯年笔好但没意境。徐渭是个"疯子"，容易让人"学坏"。八大山人的鸟是漫画，总是在那里瞪人也不好。而朱先生说自己画了一辈子没着落，我不知道朱先生要着落到什么地方去。

朱先生画紫藤的老杆用一种笔，画紫藤的花又是一种笔，朱先生用大笔画很细的线，很小的叶片，而落款却是用小衣纹，小笔写比较大的字，写两三个字，墨就没了，再蘸墨再写，朱先生的题款总是浓浓淡淡直至枯干，很好看。朱先生画画儿，工作却在邮电局。朱先生没事拉京胡，嘴跟上动。忽然他不拉了，过来看我，说："这地方交代清，这些叶子是这根上的呢还是那一根上的？画画儿别复笔，别描，一描就臭了。""写字不能描，画画也不能描。"朱先生的单位正月十五出灯，单位要他给灯笼上画些东西，他也照画，很认真，灯挂出去，有人说不好，先生说："你懂个屁！"

后来，我已经大了，但还是经常去朱先生那里看他画画儿，给他磨墨兑颜色。朱先生用的时候总是说"合适"。有一次，朱先生忽然很高兴，说花鸟能行了。我不知道朱先生这话什么意思。后来就看到了那张《毛竹丰收》，朱先生很兴奋，说还是竹子好看。

朱先生教我画画，从来没什么理论。朱先生说，中国画就是这样一代一代传下来的，又说："齐白石就不画素描！"又说："学中国画就要先学会磨墨兑颜色裁纸。"朱先生将"蜜蜂"叫作眼睛。画紫藤，总是说："眼睛在哪儿？眼睛在哪儿？"朱先生把蚂蚱也叫"眼睛"，说"怎么'眼睛'在那儿啊，不对！瞎了！"把螳臂也叫"眼睛"。记得有一次朱先生把父亲的人参酒拿起来对着光看，看来看去看那根酒瓶里的人参。父亲说你又不画人参你看什么，喝酒吧。朱先生不高兴了，说不画就不能看了？朱先生的口袋里，总放着些七七八八的东西，有一次他一手掏手绢，一手从另一个口袋里掏出个树上结的那种柿子，黄黄的很好看，他把柿子擦了又擦，我以为朱先生要吃。他把柿子擦完看了好一会儿，又把它放回了口袋。

我们那地方不长柿子树，不太好活，活了也不会结柿子。

怀念朱先生。

力先生

力群先生说话很"绵",这个"绵"字不知道别的地方有没有,在山西,这个"绵"字指温和,好听,语速也不那么快。这是力群先生平时说话,但老先生一激动起来就不一样了,声音会尖厉起来,很尖厉,但这种时候很少。力群先生像是总戴个帽子,我去他家,他也总是戴着帽子,不戴帽子的时候很少。我没见过力群先生穿西装,好像是,力群先生总是穿中山装。我知道力群先生年轻的时候,应该是西装革履,但我认识他的时候没见他穿过西装,中山装,帽子,布鞋子,手边总是带着一本书,有一次我进电梯,他也进电梯,手里就是一本书,那时候,作协开什么会都会请老先生去,老先生耳背,坐在会场里大多时间是在静静地看书。老先生把他的散文集送我,上边的签字是一笔一画,老先生给我画画儿,十多朵山茶,不加一点点颜色,朵朵用笔有力,是木刻的味道。老先生送我字,一笔一画,是颜体的味道。老先生送我书签既不称兄也不道弟,都是两个字"同志"。后来改了没有?不知道。第一次我把我的书送他,他看了一下,说你知道我姓郝?我说当然。是那一次,我才知道力群先生其实是没有见过鲁迅先生的,力群先生说:"我怎么会见过鲁迅先生？"那时候我已经知道力群先生与老版画家曹白的关系，力群先生好像是通过曹白把自己的作品呈送给鲁迅先生。

力群先生的家，那个院子不大，门却总是关着，有客人来，力群先生要亲自来开院门。院子不大，却是种满了花草，凤仙、雏菊、大丽菊还有别的什么，我喜欢看那些花花草草。力群先生也知道我从小画画儿，我和力群先生说这种花应该怎么画，那种花应该怎么用笔，力群先生也不反对，总是说对，总是笑着。有一次，不知看什么花，力群先生说："这是恽寿平嘛。"小院里有一笼鸟，还有一个笼子里是松鼠，这只松鼠，总是在跳来跳去。忽然静下来，捧起一点什么吃起来，嘴动得很快，我笑起来，力群先生也跟着笑了起来，声音很尖，但我听着喜欢。力先生的笑是纯真的，像孩子，一下子，不可遏止地就那么笑起来。力群先生待客，一般都在楼下，请你坐下，他也坐下，他坐在靠东墙的椅子上，他的身后，有一个粉彩花盆，应该说是套盆，上边的那几笔海棠画得真是好，我说好，画得好，力群先生回头看看，指指海棠的老竿，说海棠的枝子就是像竹竿嘛。我去的时候，给先生带两桶雀巢咖啡，力群先生很高兴，说给我带的？我说是。力群先生就又笑了起来。好像是，老先生那一阵子还喝咖啡。所以，我每去就带一两桶咖啡。那一次天热，老先生脱了外衣，里边像是穿着吊带西裤，我觉着这才像是搞版画的先生，我说好看，力群先生看看自己的衣服，忽然又笑了起来，声音很尖，但好听，像是孩子。在我的心里，力群先生应该是个洋派人物，在二十世纪三十年代的中国，学版画的青年都应该比较洋派。但老先生一穿上中山装便更像是老干部，但我更喜欢老先生是艺术家。再有一次去，我在路上买了两只蝈蝈，一只铁蝈蝈，一只绿蝈蝈，我要送力群先生一只，力群先生高兴起来，非要那只绿的，说还是绿的好看嘛，力群先生说他就是要看颜色，叫得好听不好听在其次。

再一次去力群先生家，老先生正在忙，已经快九十岁了吧，他说他这几天正在给上海博物馆刻板子。我听了吓一跳，这么大岁数还刻什么板子。力群先生拉我上楼，楼上是力群先生的工作室，一般人很少上去，力群先生也不会请他们去。工作室的那张大桌子上都是大大小小刻好或没有刻的枣木板。从小看版画，但我从来没想到版画的原版会这么小。力群先生又笑了起来，声音很尖，力群先生说当年这些版画是要在报纸上发表的，大了哪里成？力群先生真让我感动。上海博物馆那边请力群先生把他过去刻的版画作品都重刻一回以收作馆藏。我坐在那里一块一块地看，看到了我熟悉已久的许多力群先生新中国成立前后的版画作品。

力群先生岁数那么大了，居然还在刻。

力群先生的家里总是那么安静。有阳光从窗外照进来。

记不得是一盆什么花了，像是君子兰，开着胡萝卜颜色的花。就摆在力群先生平时落座的后边。我对力群先生说我不喜欢君子兰，力群先生掉过脸看看，说名字好听嘛。我说胡萝卜颜色。力群先生就又笑起来。力群先生问我出了什么新书，他要看，那时候，我给力群先生在书上写"请郝力群先生指正"，力群先生也不纠正。

和力群先生坐着，有一次，力群先生无端端又笑了起来，说起我的小说《永不回归的姑母》，说那东西还能割？割了还不死掉？我窘迫了，不知说什么好。力群先生说："吃水果吃水果，洞庭的橘子。"

在北京，大家都去看力群先生，我想我是应该自己去的。我不愿意一大群人地去，没法说话。

想不到力群先生忽然离开了我们。在照片上看，力群先生笑着，但那笑声，却永远不会让人再听到。

我还想，这次去的时候还要给力群先生买两只蝈蝈，一只绿的，一只黑的。

北京的冬天，十里河那边有蝈蝈卖。但力群先生不在了，永远不在了。

本色

　　白石老人是本色的，诗书画印，再加上坊间有关他的种种传奇，综合在一处，老人一辈子的行止都是那样本色，手里的朱漆杖，胸前的小青玉葫芦，头上的黑色小额帽，还有老人身上穿的那袭褪了色的长衫，或在炎夏，老人穿了白布短裤褂坐在那里，脚下是靸鞋，手里是用旧布缘了边的芭蕉扇，简直是没一点点大师色彩，而大师就在这里！相对，与他同时代的许多艺术家或西装革履出洋，或穿长衫周游世界，其风采，终不如老人来得好看，这好看就是本色。

　　画家朱丹曾回忆他们一行去跨车胡同请白石老人画鸽子以响应保卫世界和平，老人坐在那里，静静地听客人讲话，他的身后案上那两盆天竺葵开得正好，一盆是正红，一盆是淡粉，案子上的那两只帽筒，照例是一只里边插着鸡毛掸子，一只里边放着一卷裁好的宣纸，老人忽然竖起一个手指头问："为什么要我画鸽子？"不等别人回答，老人接着就笑起来，说"鸽子不打架"。这非但是童心，亦是本色。

　　白石老人其实不是一个人，而是一个博大而瑰丽的世界，在老人的世界里，花鸟草虫，山水亭林，人物佛道，诗歌篆刻，样样都有他自己的主张在里边。新时期朦胧诗初泛的时候居然有人抄袭老人的诗作投稿发表，居然刊于《诗刊》，这首诗最后的两句是"莫愁忘归路，且有牛蹄迹"。诗写得真是恬淡天真。老人曾画过一张《牧牛图》，上边题曰："祖母闻铃心始欢，也曾总角牧牛还。儿孙照样耕春雨，老对犁锄汗满颜。"其实老人不必汗满颜，直到老，老人一直都在勤苦耕种，只不过是田头锄头换了案头和笔头。用力和情感都一样在春雨秋风间。

有人说白石老人的画是"简括有力"，老人的画可也真是简括有力，人物，只几笔，山水，也只几笔，花卉，有时候也只是几笔。看老人的梅花，满纸大黑大红，一笔下去，又一笔下去，枝干交接处用多大的力，仔细看，一笔笔都是篆隶！用现在的话说是十分肯"给力"。老人的大幅荷花，离近了看是十分纷乱，离远了看可真是好。说白石老人"简括有力"，其实是只说对了一面，白石老人的另一面是"传神入微"，其工虫之细致工妙，至今无人能出其右。论书法，论篆刻，论山水，论人物，论花鸟，论工虫，老人都下笔有绝到处。但要说最好，当属老人花鸟工虫的兼工带写，这样的画法，前人有，但白石老人是个高峰，以工虫之工，对花草之写意，工者越显其工，写意越显其写意之意趣。工笔与写意向来是很难放在一起表现，而到了老人这里一切都如行云流水，白石老人是前超古人，后无来者——直到现在，无人能出其右——白石老人的兼工带写。

现代老画师，能诗者不多，白石老人的诗气格最好，黄宾虹先生的诗亦好，如再加上已在梅丘下安眠的长髯翁张大千。三家的诗轮番读来，还要数白石老人的诗来得清新本色。白石老人到老都在本色着，是农民加工匠的本色，他亦好像喜欢自己是这样的身份，身居京华，他怀念过往"耕春雨"的日子。老人或也有"轻狂"之时，比如反穿了皮袄手里拿了把扇子拍照，是白石老人的另一面，我们很难知道他当时心里想什么，但分明他的心里不那么快乐。

　　白石老人是本色的，这本色既来自民间，又来自传统，把老人笔下的猫和徐氏悲鸿笔下的猫放在一起对比着看，怕是老人的猫更有看头。白石老人的人物向来简单，但好，老人画《别人骂我，我也骂别人》，老人画《老当益壮》，老人画《读道经》，都好！后来画人物者多矣，如把他们的画和白石老人的画放在一起，还是白石老人笔下的人物能于百步外夺人魂魄。

　　白石老人的本色，是从人到画，再从画到人。白石老人没有上过美院，但他永远是美院的圭臬，白石老人的一生，艰苦而辉煌。

我们与画

话说回来，中国画的虚不是无物而是实。而中国画的"虚实相生"既是创作法，而更重要的是一种欣赏法则。读中国画，你必须要学会用你的想象之实去填补画面上的虚。中国的诗歌也是这样："山回路转不见君，雪上空留马行处！"是以诗歌上的"无"唤起读者心中无限的"有"。中国艺术太像是太极推手，是互为主体，主体与客体时时互换，其无边的魅力正在于此。中国画太难说，博大深奥，想把它说清是永远说不清，不想说清却又明明白白就是那么点事。如以筷子打个比方，画只是其中的一根，看画的人是另一根，合在一起才是一双筷子，手里的筷子是实，而盘中的菜是虚，就是要看你怎么挟取。画与看画的人的关系是八个字，"眼看心领，虚实相生"，再说到"虚实相生"，我以为是中国画的最大审美特征之一，集中表现在水墨之上，千变万化的以墨色为主的点线是中国画的舍利子，中国人是以这墨的点线表达自己对大自然的一往情深，大自然的千山万水也是通过这点点线线才得以向人们展示它们的烟涛明灭四季晴雪。这墨色的点与线是中国画的密码，需要用中国文化去破解，需要用中国的钥匙去打开。西方的毕加索、马蒂斯、达利——居然，怎么说，和我们的写意貌虽不同，其意却与我们或有相通。再如中国画大师齐黄二老，白石老人南行时笔下水面上的鹭鸶，有的在浮游有的在水里打筋斗，只是墨点，个个鲜活。再如黄宾虹先生笔下的山水，离近看什么都不是，是一堆点线，离远了看什么都在，是生动活泼，是十分的动态鲜活，亦算是印象，其审美情趣正与西方的印象派暗暗相合。中国画往高了说可以直说到玄妙不可知境，而往低了说，不过是技术与经验在那里决定一切。

芍药摇晚风

　　并不单单只是在乡间，世间各种的花相继开起。在鄙乡，牡丹过后便是芍药，朱可梅老师说到牡丹与芍药之间的区别，简短只三句，一是牡丹比芍药多一点焦墨，二是多一点水，三是芍药开花比叶子高。这三句话其实亦只是一句。昨天下楼去老画师青桐家看芍药忽然想起朱师的这句话，回家再画芍药便大得要领。芍药之为花，因为它开在牡丹之后，便没了那份要人倾城出动看它的风致，而芍药之好，似乎比牡丹更多了一些水灵。即使是阴雨天，芍药也透亮，从枝到叶到花朵均如此。芍药花色总是让人想到舞台上的花旦，而牡丹却是大青衣。两者相比，芍药比牡丹虽轻了一些也薄了一些，却并不难看，只与牡丹比它一比，还有牡丹不到的地方，一是不那么堆叠，二是不那么动辄碗口大，而且花朵一旦开放便挺挺地从叶丛中挺立出来，亦是大方喜气，是自喜，也是要别人喜。家大人平生好酒且好种各色花木，记得他只在院子里的沿墙一带种芍药，还记得家大人对朱可梅师说芍药的好就好在一到冬天就什么都不见，年年春天又会重新开始，花虽好看却不给人找麻烦，只这一点又与牡丹不同，牡丹到了冬天，最好是要用稻草把它围那么一围才好过冬，芍药却不给人找这个麻烦。芍药开花的时候家大人会搬一把藤椅坐在芍药那里喝茶，既然是时已入夏，父亲穿一条淡米色派力士裤子，上边是白府绸衬衫，人坐在那里真是爽然好看，这种记忆总在心里，每看芍药便不由得让人想起。

芍药若开花，一定是要在雨后看才好，雨后放晴，芍药开起，一世界都是亮丽。而昔人所说的"芍药摇晚风"却让人想象不出是何种情境。但向晚风来，在夏天，却是一件好事。

闲章

说到印章，每个人都有，没有印章的人很少，领工资，到邮局取包裹都离不开印章，我父亲的印章是小犀角章，那时候这种章料不那么稀罕，做犀角杯挖出的料不好再做别的，大多都做了这种小东西，剩下什么都不能做的边角碎料就都进了中药铺。父亲的这枚小章放在一个手工做的小牛皮盒子里，这个盒子可以穿在裤带上，是随时随地都在身上，可见其重要。还有一种印章是做成戒指戴在手上，是更加安全。这都是名章。而说到闲章就未必人人都有，但书画家是必备，一方不够，两方，三方，五方，六方，齐白石的印章像是最多，所以往往在画上题"三百石印富翁"，但此翁的闲章何止三百，但他常用的也就那么几方，"寄萍堂""大匠之门""借山馆""以农器谱传子孙"，最后这方章最特殊，让人觉着亲切，是不忘本。白石老人的馆堂号从来都没用过"斋"字，至今尚无人考证是为什么。

书画家用章，首先是章与他的书画作品气韵要合。白石的章和他的画就十分合，是浑浑然一体，朱新建的章也如此，他用别人的章还真不行。傅抱石也治印，却不怎么出色，他曾给毛泽东治一印，现在还在南京美术馆里放着，章料的尺寸不能说小，是平稳，但不精彩。前不久在日照办画展，看老树的章，画上错错落落盖了许多枚，横平竖直的宋体或楷体，居然大好。

我现在所用章，多为渊涛所刻。有一次吃饭，渊涛和我打赌，就是要喝够一斤高度白酒就输与我十枚闲章，还不就是酒，六十七度又怎么样？我还怕酒吗？是我喝它，它又不能喝我！结果我赢了，但也醉得够呛。那十方章，我拿回来，能派用场都派用场，也热闹，其中有一方是"幽兰我心"，却偏要盖在梅花上兰花上菊花上。文不对题却大好。

民国的哪位画家，记不清了，最是大度有趣，老来盲一目，他给自己刻一闲章，只四字"一目了然"。我喜欢这样的人。再说一句和刻章无关的话，那就是《上海文学》的主编周介人先生，已故去多年，因为脱发，他戴一个发套，那天吃饭，天热，他忽然抬起手来把假发套一摘，往旁边一丢，说："妈的，太热了。"这真是潇洒可爱。我看画，最怕看到"细雨杏花江南"，这样的闲章，像是有意思，其实是没一点点意思，朱新建的闲章"快活林"有多好，人活着，就是为了快活。但又像是，朱新建只是说过，但他没这方闲章，那么，得空我要给自己刻一方"快活林"。

为了快乐。

写字

　　一个人与写字的关系一如吃饭喝茶，或者简直是又如拉屎撒尿，没有什么特别之处，也就是拿笔写字，写好写坏是另一说，没有写过字的人起码在清平世界文化进步的今天几乎没有。小时候学校里总是要上写仿课的，我们只这么说，老师也这么说，并不叫什么"书法课"，一到写仿课便拿了铜墨盒和毛笔，笔上总也戴着个铜笔帽，再夹上几张麻纸，一堂课下来手总是黑的，回家洗手，盆子里的水也是黑的。因为从小写字，只觉是与吃饭拉屎一样，便没了一点点敬意在里边，这敬意当然是对写字。及至长大，才知道写字原是一件好事，可以让一个人的心静下来，可以让一个人暴躁的性子有所改变，但春节来临之时看别人伏案大书亦是苦事，纸是红的，墨是黑的，一时红黑满屋让人两眼发花。古时《世说新语》中的一个人物，也懒得去查他叫什么名字，是当时的著名书家，皇帝盖了几十丈的高楼，即至竣工才发现上边居然没有匾，便命这书法家上去写它一写，找来大筐子要他坐在里边，如帚大笔和几大罐墨自然也一并放筐里，众人一起吆喝起来，合力把这书法家用大筐子拉到半空让他去写。字写完，众人再吆喝起来，再合力把他从半空中放下来，据说此时那书家汗亦是出了满头满脸，人亦是面如死灰，头发也猛然白了一半。后来此书家告诫儿孙，学什么也不要学写字，更不可把字写好，被吊到几十丈高的楼上去写字是要吓死人的，每每想起这个故事我便想掩口发笑，想想此先贤高空作业如此心惊胆战，自己在心里居然有那么一点点恶意的开心就觉得自己有那么点不厚道。昔年见有人请学者诗人书法家殷宪先生去搞配乐书法表演，我在下边也差点要开心死，音乐节奏忽快忽慢，一时不知他在台上是该行该草。现在什么新鲜的事都有，有妙龄长发女子被全裸了，浑身再裹以透明薄纱，然后被两个后生子拦腰抱着，再用她的头发饱蘸墨汁，一时被一个书法家操纵着这么一下那么一下地写起字来，终被那些不懂书法的人一时火起打跑，这也是一件近来最让人开颜的事。

鄙人写字的习惯是，早上起来就写一下，用那种颜色发黄的毛边纸，先把正面写过，然后反面再写一回，淡墨写过一回，然后再用浓一些的墨再写一回，然后才去做别的事，比如吃一根油条或再加上一碗豆浆。然后才开始改昨天的稿子。

鄙人写字很少用正经的宣纸写，是田舍翁小家子气一样的那种舍不得，家里储存了不少的好宣纸，莫名其妙地就觉得自己很富足，但实实在在地用起来，却总是一用好纸就生气。就像巴尔扎克笔下的那个高老头一样的脾气，每花掉一点钱就生气。鄙人给画店画画儿也是这样，好纸总是舍不得用，总是先用不好的纸，再用好的纸，裁下的纸头亦要画一个小虫放起来，实在是吝啬得可以，但我并不思改过。开笔会看别人十分豪放地一写就是一地的字，写坏的纸团做一团又一团也是满地，鄙人便会在心里大气起来，书画的笔会真是纸的噩运大限。

写字是一件要让人静下来的事。有人表演书法，浑身紫花唐装，持笔大叫上场，两眼圆瞪，浑身用力，有一次我在旁边忽然大笑起来，是实在怎么也忍不住，也是太没修养，但我也宁愿不要这样的修养。这样的场合我现在不去，写字是自己的事，何必非要观者如堵。

　　我写字，直到现在也只用毛边纸；在好宣纸上写字，在我，就好像做贼，虽然惯走江湖，也难免一时心紧气紧。

白石翁的螳螂

人有小名儿，虫子也一样，螳螂的小名叫屎克郎，螳螂只是它的官名。小时候玩虫子，蜈蚣、蝎子、马蜂之外，碰到什么都玩，当然蚂蚱、知了和蜻蜓最好。周作人先生儿时玩儿苍蝇，尚有"红官帽，绿罗袍"之说，当然是指那种红头苍蝇，说是红头苍蝇，其实也只是两只眼睛红，苍蝇的眼睛很大，要占去头的三分之二，所以猛地一看便好像整个头都是红的，民间的"红头苍蝇"一说，实在是一种远远望去不加细究的一种概括。还有一种绿蝇子，通身是碧绿的，着实不难看，绿苍蝇如果再配上红头，那便是上品。小时候偏爱逮这种苍蝇，可这种苍蝇往往又让人看不到，不知它们整天在哪里打发它们的日子。苍蝇不仅仅只是往不干净的地方去，花开的时候它们也会往花心里钻，想必它们也知道蜜是甜的。曾经看到过明代的头饰，用《金瓶梅》里的话是"草虫头面"，其中就有蛐蛐和苍蝇，我看到的那只金苍蝇，做得真是好，极是写生，翅膀、头、腿，无一不精，和真苍蝇一般大小，还有就是看到过古埃及的首饰，也有苍蝇，长三角形的小翅膀做得真是好，想查查以苍蝇做首饰有什么寓意在里边？但一直到现在都没去查。而屎克郎在埃及是圣虫，倒是查过，像是有重生和长生的意思在里边，而到底是重生还是长生现在却又说不清了。屎壳郎在古埃及常常被做了护身符，用青金石或绿松石，图坦卡蒙的墓里就出过很漂亮的屎壳郎护身符。屎壳郎在古埃及被人之看重一如中国古时的蝉。屎壳郎好像还是一味中药，这也得查一下，中国的本草不止一部，应该查哪一部？让人不得而知。小时候在上学的路上看到屎壳郎，便一定会蹲下来好好看一会儿，看它在滚一个粪球，有时候是两只屎壳郎在同时对付一个粪球。这是很好玩的事情，它们到底要把粪球滚到什么地方？是往家里滚吗？它们的家又在什么地方？也可以说它们的家到处都是，也就是，就地挖一个坑，把粪球埋到那个坑里，那就是它们的家，当然这都是后来才知道的事。在野外，想找屎壳郎不是什么难事，只要有牛粪就会有屎壳郎，一大摊牛粪往往会招来很多屎壳郎。屎壳郎会飞，身子一欠，翅壳子打开，"嘤"的一声平地而起，转瞬不见。

白石翁画草虫，几乎什么都有，而唯有飞动的蜜蜂最为老画师看重，定润例也会特别另加一条，凡加画蜜蜂者，每只多加五元大洋云云。白石翁亦画过屎壳郎，曾看到过一幅，画面上有淡赭石勾的几笔碎草，一只屎壳郎在那里推着一个粪球，落款却极为有趣，原话记不大清了，其中有一句是，予年老，想老汉推车亦不能也。这几近隐语，令人一笑。老画师率真如此，别人还能有什么话好说？

山茶花

那年去武夷山，原想画一下写生，带了皮纸和毛笔以及平时根本就用不到的铜墨盒，及至到了那里，才发现武夷的山几乎没有什么纹理可言，和黄山的那种到处都是皴法恰恰相反，而是圆咕隆咚的，看着好看，芥子园那里学来的种种山石法却都用不上。之后漂流了一回，也是一行的人坐了竹筏在溪水里忽东忽西地漂下去，不觉已到终点，两岸的山石也都隆然而圆，间以杂树，这样的山没什么好画。之后便去看了那几株著名的大红袍，也觉得实在是没有太大的看头，或者在心里觉得它不像是多年的老树，虽被红布条重重围缠以示其珍贵。既来武夷山，买茶看茶是一大节目，武夷也只是茶铺子多，随便一家闯进去喝就是，也绝没有收茶水钱的说法。这和北京的茶庄大不一样，北京的"张一元"和"吴裕泰"向来没有给你坐下来喝茶的说法，店面之小也不可能让客人在那里围在八仙桌边上大喝一通的道理。而我对做茶工序感兴趣，别人喝茶，我却要到处去看看，忽然对那晾茶的大竹匾也产生兴趣，想带一个回北方去，那竹匾之大，足可让一个小孩子在里边睡觉，又还看了一回焙茶，那暗火根本让人看不到，只能感觉到它的热度，暗火上边是烘焙着的一匾一匾的茶。快到了吃中饭的时间，便看一老妪在那里炒菜，一小碗清亮的油"哗"的一下倒在很大的锅里，小一点的竹匾拿过来，里边是青菜，"噼噼噗噗"地倒在锅里炒了起来。因为那炒菜的油与鄙人在北方吃的麻油和菜籽油不同，自有一种陌生的香气腾然而起。那被这油炒出来的菜也格外像是爽滑。一问才知道这是茶籽油。而现在想吃茶籽油非要花比别的油贵很多倍的钱不可。北方人的饮茶习惯，在最早，也就是砖茶与花茶，砖茶是隆冬的早上或晚上，放在壶里煮煮便那样一碗一碗地喝起来，没有什么讲究，还有就是乡下人家必备的茶卤，也就是把茶煎到极浓一如酱油般厚稠，临到喝的时候再用开水兑一下，这真是极其方便。而现在这种喝茶的方法渐渐式微。大块的那种非得下大力气才能破开的砖茶也已经很少能让人见到。

去武夷，记忆中是看到了很红的那种单瓣茶花，茶花要好看，必是这种单瓣的才好。大红，鲜明，花蕊是一束，色如赤金，可真是好看，此花的花萼又是鳞片状，用焦墨圈圈点点，极是入画。白石老人画茶花便是这种，老人家画茶花从来都只是画五瓣，多一瓣都不肯，用朱砂，红且厚实，然后是那一束高高的花蕊。茶花好看，但花店里很少有，茶花之好看还在于它的叶片，黑、绿、亮，此三字得茶花叶子之神理。插茶花，最好是一朵两朵，如是两朵，最好一高一低，一朵在开，另一朵便只能是花蕾。而且必要有几片叶片去衬它一衬，黑亮的叶片衬大红的茶花，这样的花放在眼前人便没有办法不精神起来。

我每天散步的那条街有三家花店，但从来都没有茶花出现过，它不出现也好，我便想念它，有朋友知我喜欢它，不知从哪里剪一枝两枝给我，我便画茶花，大红浓黄极黑，简单而没多少花样，而茶花确实也就是这样子，重瓣的茶花，怎么能和它相比？

记紫藤

早上起来收拾案头，外边有鹁鸪在叫，鹁鸪似是鸽子的近亲，只是脖子细一些，上有细碎的黑蓝色斑点，飞起来的时候尾羽上有比脖子上的斑点大一些的白斑。鹁鸪在民间的名字是布谷鸟，鹁鸪春天发情，雌雄互唤，其声"布谷、布谷、布谷、布谷"颇不难听。鹁鸪鸟其实一年四季都在叫，而其大叫特叫的时候，却一定是在春天，也正是人们播种插秧的时候。民间的各种传说向来是以人类的生活为中心，便说此鸟这样的一声接一声叫，是在催人们下田播谷种黍，所以，人们对鹁鸪鸟便有好感。一边听着鹁鸪叫，一边洗过笔，案上恰有裁剩的纸头，想想紫藤马上就要开花，不免画一回紫藤，花鸟画，凡是有枝有叶有花或无枝无叶无花者似乎皆可入画，而唯有紫藤，大笔小笔草书细楷均可以在里边，所以历来喜欢画紫藤的画家不在少数，任伯年紫藤的细叶和花穗好，白石老人紫藤的老干细枝传神。但画紫藤，极容易让人下笔流于轻狂，一旦收束不住，便坠恶俗。与紫藤相比，说到各种笔墨都可以得到施展的，棕榈树也像是合适入画，大笔小笔枯笔润湿之笔都可笔笔相加在里边，破墨法用在棕榈树上尤其好，棕榈主干之上的残枝断梗，一笔下去，入主干的部分已被淡墨破开，没入主干的部分依然墨如硬铁，煞是好看。曾在杨中良的画室中醉眼看一幅白石老人的四尺棕榈，那天本来喝了一场大酒，走路都要人扶，一看到白石老人的这幅棕榈，当即便酒醒一半，从此信是好笔墨可以醒酒，原不必什么醒酒汤。

说到紫藤，北京晋阳饭庄植有一本，盘屈狂怪，龙蛇乱走，一边吃饭一边隔窗看去，繁花真是一如紫云！据说这株紫藤是纪晓岚当年亲手所植。北京的各种旅游册子上，介绍到晋阳饭庄每每都要说到这株老藤，许多人，也不是专门为了看这株紫藤才去晋阳饭庄，但每每去那里吃饭便不由得看起来。但在我的眼里，总觉得这株紫藤没有青藤书屋的那株好，青藤书屋之西墙与院子里的西墙间距不足三米，而那株紫藤便长在这不足三米的过道的北边墙下，墙下叠有山石，那株紫藤老干屈屈，上上下下，书法绘画之笔法都在里边。

北京有一种小吃，是藤萝开花时的时令小吃，就是藤萝饼，味道和槐花的意思差不多，而我，却不知道这个藤萝饼里用的藤花是否就是紫藤的花。紫藤在北京广有种植，公园里到处可见。紫藤在南方也到处可见，开花也一如紫云，但是有人嫌紫藤长得太"啰哩啰唆"——用"啰哩啰唆"形容紫藤也可以说是有创意。

画紫藤，不妨乱一点，但要收得住场。

胭脂考

少时读《匈奴民歌》，及至读到"失我胭脂山，令我妇女无颜色"这一首，便令人做无尽想象，只想这山上到处是胭脂。及至后来才知道胭脂只是一种草的提取物，再后来查诸书，知道匈奴民歌里所说的胭脂山上产一种花草，名字叫红蓝草，能做染料。古代的美人或不怎么美的妇女日常生活像是都离不开胭脂，鄙人家中曾旧藏两个唐代的小胭脂银盒，一个鎏金的，有墨水瓶盖大小，上边自然是花草飞鸟，一个纯银的菱形盒，略比火柴盒小一些，上边的图案也不外是花草飞鸟，当年都是放胭脂的，那一年南京两位女画家杨春华和吴湘云上门来喝茶作画，便翻出来送了她们，看别人喜欢我自己亦喜欢。《红楼梦》中的小丫头调笑宝玉，想不起是哪一位了，说的话就是"我这里的胭脂你不来吃一吃"？一张脸，胭脂能抹到哪里去？我们那地方，把亲嘴叫作"吃老虎"，北京叫"唧儿一个"，"接吻"是洋派的说法，翻译小说的滥觞。

说到胭脂，凡画花鸟的都离不开。好胭脂，调淡了十分娇艳，说不出的那个娇艳，画海棠离了胭脂就不行。调浓了会厚到没底，一眼不到底的那种艳丽，但还是通透，不是一片死颜色，用胭脂，最好是膏，密封它，不令它干掉，干掉再用水兑胶重新调过，便不好使。去苏州，第一件事就是去找胭脂，姜思序的当然最好。朋友送我一点清代的老胭脂，更好，画萝卜调一点，旁边的草虫一定发呆。民间的过年过节蒸大馒头，馒头上要点梅花点，雪白的馒头，用胭脂一点喜气便出来。过年过节，小小孩儿的额头眉心也要用胭脂点几个点，也煞是好看。在鄙乡，民间把几乎所有的颜色都叫作"胭脂"，早些年的衣服，颜色旧了就要染，灰的染蓝，蓝的染黑，粉的染红，红的染紫，总让人感觉是新衣服在身。染衣服就要去买染料，若哪位是去买染料，你要是问她"做什么去啊"，她会说"去买点胭脂"。没有人会说是去买颜料，或是说去买染料。那年去印度，让人眼睛看不过来的就是到处可见的各种一大堆一大堆的颜色，我想看有没有胭脂和洋红，但独独没有这两样，印度那些一堆一堆的颜色不是用来作画和染衣服，而是五花六绿全部下肚子。也有用丹砂粉来点眉心，赤红无比。

胭脂在古代不便宜，即以唐代的物价而论，当时的一两胭脂值九十文，而上等的沉香才值六十五文。我作画，素喜古法胭脂，清邹一桂《小山画谱》中载"胭脂"一条："法用红蓝花、茜草、苏木以滚水挤出，盛碟内，文火烘干，将干即取碟离火，干后再以温水浮出精华而去其渣滓则更妙。初挤不过一二，再挤颜色略差，烘之以调紫色、牙色、嫩叶、苞蒂等用，至点染花头必用初挤。"

古法上品胭脂膏现在市上已找不到，或有售小干块儿者，加水兑胶均难如人意。

笔墨快活

　　我以为，现在无论谁说朱新建，都不能只说他的画，而是应该从人到画，再从画到人，当代的画家中，见识宽博修养深湛能如朱新建者可谓不多。有一阵子，我特别喜欢看关于他的访谈，自觉比看某些专业书过瘾，朱新建善谈，往往只几句话，就能把道理说明白，一来二去，知道他没少读书没少思考，其修炼之苦何止废纸三千。所以才能"香象渡河"般几句话就把道理给说明白了。如不是他的几句话，也许众多晚生要读许多书脑子还是糨糊，用通俗一点的话说，在当下众多的画家中朱新建有思想有见地，其作画落款，往往款与画像是了无关系，像是在胡说八道，但仔细想想却妙在其中。我看朱新建，最早是他的一本戏曲人物，线条之好落款之自在实在是无法无天，是极其自由，是有笔有墨有水，都好。朱氏像是什么都画，也什么都肯画，人物、山水、花鸟，再加上裸女或简单一只茶壶一枝梅，便也有妙趣在里边，他喜欢用笔墨把画塞得满满的，是热闹得紧，或者亦可以说是一场"革命"，或更可以说是他开始了另一种样式。在朱新建的画里，我们可以看到很多杂乱而热闹，世俗而食色的东西，都是些市井之人不可须臾离之的市井生活。

沈从文论文之优劣，动辄喜欢用"家常"二字，是，文章一涉"家常"便好，家常之所以好，是有人性人心在里边。我以为，这两个字用来说朱新建亦合适，他的为人为画不仅是去除矫情虚伪，而更是家常，新建对于笔墨，是努力平实努力家常，其过人之处正在于善于把日常的生活情绪转变为笔墨的审美情趣。貌似狂傲高古，说来平实简单。

关于朱新建的画与为人，各家的议论多多，而实际上，朱新建是一位基于对历史和自我的深刻了解而努力探索且有清晰目标的画家，因为他对艺术有着自己极高的追求，所以他笔下的朴素和家常便具有了常人无法企及的高度。在他的笔下，是既没英雄主义，也没救世之理想，在他的画里，俯仰皆是人的欲望和生活，满满都是人性，和天津的李津相比，一位是琳琅满目的食，一位是入骨销魂的欲。二者相加，恰可以看出我们当下画坛令人欣然的包容性，可以让人看出当下艺术的自在与自由，让人看到人本。朱新建的画，"家常"二字为其画之妙谛。放下一切，轻松自在。

朱新建的影响是广大的，从他决定"快活"之日始，许多后学晚生也决定跟他一起"快活"，这就像以石投水，其影响注定会波波环起无有尽时。此刻再说新建，斯人真是：香象渡河，截流而过，至情至性，笔墨快活。